EL ÁRBOL DE LOS SILENCIOS

EL ÁRBOL DE LOS SILENCIOS

ADOLFO HAMER

BUBOK

© Adolfo Hamer Flores, 2025.
El árbol de los silencios

ISBN Libro en papel: 978-84-685-9355-5
Depósito Legal: M-27708-2025

Editado por *Bubok Publishing S.L.*
Paseo de las Delicias, 23. Madrid (España)

Impreso en España – Printed in Spain

A la memoria silenciosa de quienes vivieron
sin saber que estaban haciendo historia

«*Al llegar a la llanura, Juan de Loaisa tuvo la impresión de que el camino se abría en dos: el que figuraba en los mapas y el que se medía por las casas blancas, los emparrados y las sombras de los olivos. En La Carlota, por primera vez, el paisaje parecía tener memoria propia*».

1
Al anochecer

En el centro de Andalucía, entre Córdoba y Sevilla, la llanura se abre en una sucesión casi continua de campos de cereal y de olivos. Los troncos de estos se repiten en filas largas, separados por la misma distancia. Aquí y allá, alguna encina aislada conserva la forma antigua del monte; pero el paisaje dominante, en pleno verano de 1835, es el de un mar de copas grises sobre una tierra seca y limpia de maleza.

No siempre había sido así. Durante décadas, quienes viajaban por estos lugares hablaban de un tramo de camino temido: despoblado, sin casas donde pedir agua ni abrigo, y con puntos concretos donde las historias de asaltos se repetían tanto como las cruces de madera en la cuneta y al pie de los árboles. En esos parajes, que los papeles llamaban «desiertos» y los arrieros «mal país», se alzó en el siglo anterior, por decisión de Carlos III y de sus ministros, una colonia con el nombre del propio rey: La Carlota. En torno a ella fueron apareciendo, a distancia regular, casitas de nueva planta, cada una con su huerto y su suerte de tierra, destinadas a familias que vinieron de muy lejos para poblar lo que nadie parecía querer.

Desde marzo de aquel mismo año, la colonia vivía ya sin el Fuero especial con que nació. Para las autoridades provinciales y nacionales, esta colonia se había convertido en un pueblo más. En el terreno, las diferencias seguían a la vista: la traza recta de las calles, las casas casi iguales, los rasgos físicos de muchos de sus vecinos y el recuerdo de unos privilegios que no se habían borrado del todo de la memoria de sus habitantes.

Por ese camino avanzaba, a última hora del día, un hombre joven. Venía desde Cádiz en una galera que había echado a andar con las primeras luces. Pocas veces había viajado en un lugar tan incómodo, pero todas las diligencias con destino a Madrid habían vendido ya sus asientos y no quería esperar una semana para iniciar su viaje. Cuando el vehículo se detuvo en la venta donde algunos viajeros pasaban la noche, él pidió bajar; pagó al conductor lo convenido, se echó al hombro una capa plegada y tomó en la mano el pequeño baúl que contenía su ropa y sus papeles.

Se llamaba Juan de Loaisa. Tenía poco más de veinticinco años y un aspecto que mezclaba juventud y agotamiento. El calor del verano y el traqueteo del día le habían marcado el rostro. Las mejillas se le veían hundidas; las ojeras, oscuras. Aun así, todavía se notaba, en la manera de andar y de mirar, el resto de una energía que la enfermedad no había conseguido borrar del todo. Llevaba por primera vez la sensación clara de estar saliendo de su sitio. Cádiz, con sus calles de aire salado y las voces del muelle, había sido hasta entonces el borde último de su mundo. Dejar atrás la tienda de sus tíos y la cama compartida con otros muchachos le producía una mezcla incómoda de alivio y de vértigo: si aprobaba, no volvería ya como dependiente; si fracasaba, tendría que regresar con el suspenso a cuestas y poner a prueba, una vez más, la paciencia de quienes lo habían criado.

No era la primera vez que cruzaba aquellos campos. Cinco años antes, de paso hacia Córdoba, había visto los mismos olivares y las mismas casas asomado a la portezuela del coche, sin prestar demasiada atención. Entonces era un muchacho más joven, que no se preocupaba en exceso por el futuro y aceptaba el trabajo que venía sin hacer muchas cuentas. Ahora, el viaje tenía un objetivo claro y un peso distinto. Iba camino de Madrid para examinarse de escribano. Lo poco que tenía ahorrado estaba calculado para cubrir el desplazamiento y una breve estancia en la capital, no para alargar el trayecto con comidas y noches de posada innecesarias.

Por eso no quiso quedarse en la venta. El lugar le pareció sucio y mal ventilado. El ventero, un hombre de manos gruesas y palabra escasa, le habló de un cuarto pequeño con una cama y un jergón que aún olía al último viajero. Loaisa escuchó también, en voz más baja, las historias repetidas de asaltos antiguos en la zona, como si no hubiesen pasado años desde que la colonia cambiara la fisonomía del camino. Decidió seguir caminando mientras la luz se lo permitiera hacia La Carlota que, según le dijeron, quedaba a una media legua. La luna, dijo para sí, alumbraría lo suficiente hasta encontrar una posada o casa más decente.

A medida que dejaba atrás la venta, el ruido del corro de arrieros se fue apagando. Los cascos de las mulas sonaban cada vez más lejos, mezclados con voces que ya no se entendían. El camino real quedaba casi vacío. Sólo algún carro tardío levantaba una nube de polvo a lo lejos y desaparecía en la curva siguiente. El resto era silencio interrumpido por el canto ocasional de alguna cigarra y, más adelante, por el leve murmullo de un arroyo oculto y casi seco.

Loaisa avanzaba a un paso regular, sin correr. La capa le pesaba sobre el brazo, pero no quiso ponérsela. El aire de la tarde era demasiado cálido y seco, aunque más suave que el de las horas centrales. El sudor le pegaba la camisa a la espalda. En la frente, la humedad se confundía con un leve temblor que conocía bien: era la señal de la fiebre que se le declaraba de vez en cuando desde hacía meses. Se pasó el dorso de la mano por la cara, respiró hondo y continuó. No podía permitirse enfermar antes del examen; al mismo tiempo, sabía que abusar del cuerpo en aquel estado era una imprudencia que sus tíos, en Cádiz, no aprobarían.

Pensó en ellos. Desde que la muerte le dejó sin padres, siendo niño, sus tíos habían sido su única familia. Lo llevaron consigo, le dieron techo y lo sentaron en la mesa como a un hijo más de la casa. Allí creció entre cajones de mercancías, olor a sal y gritos de muelle. Durante años creyó que su vida estaría atada para siempre al movimiento de los barcos. Su día a día consistiría en ayudar en la tienda, llevar recados al puerto y aprender lo justo para no hacer el ridículo cuando hablaba con algún comerciante que venía de fuera.

Con el tiempo, sin embargo, fue descubriendo otra cosa. Le atraían los papeles más que los bultos de carga y las mercancías. Cuando en la tienda entraba algún escribano a dejar un documento, lo observaba con atención. Le interesaban las formas, los pliegos, las letras torcidas y seguras con que se fijaban contratos y deudas. Empezó a pedir a un conocido que le enseñara a escribir mejor, a leer con soltura y a entender las fórmulas que aparecían una y otra vez en los documentos. Sus tíos, al principio, tomaron aquello como una rareza, pero vieron pronto que el muchacho tenía cabeza y le dejaron aprovechar las horas muertas para estudiar y asistir a una escuela de gramática cercana. Sentía que algo de su vida podía ordenarse y quedar firme en un pliego, con un nombre y un oficio, en lugar de perderse en encargos sueltos, favores y temporadas de escasez.

De esas horas salía ahora este viaje. Un conocido de la familia le había hablado de que, si aprobaba el examen de escribano de reinos, podría presentarse a alguna de las muchas oposiciones a escribano público o trabajar como ayudante de alguno hasta que pudiera ganar alguna. No sería un camino fácil. Hacían falta conocimientos, paciencia y algo de fortuna. Pero si conseguía plaza, dejaba atrás para siempre la inseguridad de los encargos y las temporadas malas. Tendría un sueldo fijo y un lugar en el que asentarse y crear su propia familia. Eso le repetían. Y eso se repetía él a sí mismo mientras avanzaba por la llanura de olivos.

El sol terminaba de caer. La luz se volvía más baja y más suave. La silueta de los árboles se recortaba con claridad contra el cielo aún claro. Algunas casas de colono, encaladas y con techo de teja, aparecieron a ambos lados del camino. No formaban todavía un pueblo continuo; se levantaban de trecho en trecho, cada una con su corral, su pozo, su pequeño huerto y unos cuantos árboles frutales cerca de la puerta. Algunas estaban cerradas a esa hora; en otras, se oía ruido de platos y voces que anunciaban la cena.

Loaisa se fijó en los detalles. Vio una mujer, con un delantal verde con pequeñas flores, que volvía por una linde, quizá desde una fuente o un pozo, con un cántaro al hombro. Vio a un hombre agachado, recogiendo algo del suelo junto a una pila de leña. Vio a un niño que corría detrás de una gallina y se detenía al verlo pasar, con esa mezcla de curiosidad y respeto con que los niños del campo miran a los forasteros. Todo le resultaba nuevo y, al mismo tiempo, ordenado. No era el caos de chozas mal plantadas que había visto en otros sitios. Se notaba la mano de quien había dibujado el trazado antes de que llegaran los colonos.

Una cruz de madera, vieja y ajada, junto a un olivo le llamó la atención. No era grande ni llamativa, pero destacaba sobre la tierra limpia. No era la única. A lo largo de un tramo del camino, contó dos o tres más, separadas por cierta distancia. Eran restos de otro tiempo, quizá de los años en que aquellos campos eran paso obligado de bandoleros y cuadrillas. La presencia de las casas nuevas no había borrado del todo esa memoria.

Empezó a notar que las fuerzas le fallaban. El baúl, que al salir de la venta le pareció ligero, se le hacía cada vez más pesado. El hombro le dolía. La fiebre subía con lentitud, como acostumbra a hacerlo cuando no es violenta pero insiste. Se detuvo un momento, dejó el baúl en el suelo y se sentó sobre una piedra al borde del camino. Cerró los ojos unos segundos. El murmullo del campo al anochecer le llegó como un conjunto de sonidos que no sabía descomponer: insectos, agua, hojas y algún perro lejano.

Pensó en seguir hasta La Carlota. Sabía, por haber pasado antes, que el núcleo principal de la colonia ofrecía iglesia, plaza y, casi con seguridad, algún alojamiento más formal que la venta dejada atrás. Pero calcular la distancia cuando las piernas flaquean es un ejercicio fácil de hacer con la cabeza y difícil de cumplir con el cuerpo. No sabía si sería capaz de llegar sin que la fiebre lo derribase en mitad del camino.

Fue entonces cuando oyó la música. Al principio pensó que se trataba de una voz aislada. Una melodía sencilla flotaba en el aire, sostenida por lo que parecía ser una flauta sin acompañamiento. Luego distinguió palmas y el ritmo marcado de pies sobre tierra apisonada. No era la música de una taberna ruidosa; sonaba más bien a reunión de vecinos, a fiesta doméstica.

Se puso en pie, tomó el baúl y se dejó guiar por el oído. El sonido venía de una casa algo mayor que las demás, levantada muy cerca del camino. Un gran emparrado cubría la entrada y todo el lateral, formando un techo verde sobre el patio, cerrado con una empalizada tapizada de enredaderas. La luz de varios candiles se filtraba por las rendijas de las contraventanas entreabiertas y a través de las plantas. Se oían risas, voces jóvenes y el golpe seco de manos que acompañaban al compás.

Loaisa se detuvo unos pasos antes de la casa. No quiso presentarse de inmediato en mitad de una celebración. Observó desde la sombra. Bajo el emparrado se distinguían varias figuras. Una mujer mayor entraba y salía con jarras de vino. Un grupo de muchachos parecía formar un corro. Al fondo, sentado en una silla de enea, se adivinaba la silueta de un hombre de edad, con algo en la mano que podía ser un bastón o una muleta apoyada contra el suelo.

El cansancio, la fiebre y la conciencia de estar solo pesaron más que la timidez. Pensó en sus tíos, en lo que dirían si supieran que se había quedado tirado en mitad de un campo por no atreverse a pedir auxilio. Pensó en el examen, en los meses de preparación y en el riesgo de echarlo todo a perder por pasar una noche al raso. Se aproximó a la puerta lateral de la casa que había justo enfrente, al otro lado del camino. Allí colgaba un farol pequeño. Golpeó la madera con los nudillos, dos veces, sin demasiada fuerza. Al instante, la música no se detuvo, pero algunas voces se apagaron cerca. Se oyó arrastrar una silla, un roce de pasos y el rumor de alguien que se acercaba desde el interior de la casa.

Loaisa se arregló la ropa con gesto mecánico. Se sacudió el polvo de la manga y trató de ordenar su cabello con la mano libre. Sabía que su aspecto no era el mejor, pero no podía hacer mucho por mejorarlo. Tomó aire y se dispuso a hablar con claridad en cuanto se abriera la puerta.

El cerrojo se movió. La hoja de madera cedió un poco hacia dentro y una voz de mujer, ya mayor, preguntó antes de mostrar su rostro:

—¿Quién llama a estas horas?

Juan de Loaisa se inclinó ligeramente hacia el vano, sin cruzar todavía el umbral.

—Un viajero, señora —respondió—. Vengo de Cádiz y no alcanzo a llegar esta noche a La Carlota. Busco sólo un techo donde pasarla y algo de agua. Si puedo pagar, pagaré. Si no, al menos le agradeceré que me deje descansar un rato bajo su techo.

Hubo un breve silencio. Al otro lado, la mujer no habló de inmediato. Se oyó la música de fondo, más lejana. Una ráfaga de olor a comida caliente y vino llegó al camino. La puerta se abrió un poco más. Una figura robusta, con el cabello recogido y un

15

delantal oscuro, apareció por fin. Miró a Loaisa de arriba abajo, como acostumbran las amas de casa a medir a los forasteros, y luego apartó la vista un instante hacia el patio, como si valorase la conveniencia de dejarlo entrar en medio de la fiesta.

—Pase —dijo al cabo—. Aquí no se deja en la calle a quien lo necesita, se comparte lo que «*haiga*». Ya veremos luego cómo se arregla.

Se hizo a un lado para abrirle el paso. Loaisa recogió el baúl, cruzó el umbral y entró, sin saber aún que aquella decisión, tomada entre la fiebre y el cansancio, iba a marcar para siempre su memoria de aquellos campos y de quienes los habitaban.

2
La posada

La mujer abrió la puerta del todo. El suelo era de piedras, barrido hacía poco. A la derecha se veía una tinaja grande, con un jarro encima; al fondo un pozo con un gran brocal en el centro del patio; y a la izquierda, una escalera de madera subía hacia un piso alto.

—Pase —repitió—. Deje ahí el baúl, si pesa.

Loaisa obedeció. Dejó el equipaje junto a la pared y se quitó la capa del brazo. La mujer lo miró con atención, ahora más cerca. Tendría alrededor de cincuenta años, el cabello oscuro recogido en un moño simple, las manos anchas y marcadas de trabajo. El delantal, limpio pero ya gastado, indicaba que llevaba todo el día de pie.

—Ha venido en mala hora —dijo—. Hoy tenemos la casa alborotada.

Desde el interior llegaban los mismos sonidos que Loaisa había oído fuera: risas, golpes de palmas y la quejumbre de una flauta. No parecía una taberna. Había en el ruido un orden que no se da en las borracheras.

—Si lo prefiere, puedo seguir hasta el pueblo —respondió él—. No quisiera molestar.

Ella negó con la cabeza.

—Al contrario. Un cristiano no deja a otro fuera con fiebre. Que eso lo traía usted en la cara desde que ha llamado. ¿Viene solo?

—Solo, señora.

La mujer asintió, como quien toma una decisión.

—Esto es posada y casa —explicó—. Aquí se albergan, algunas veces, arrieros y gentes de camino honradas que no quieren verse envueltas en las pendencias y robos tan normales en la venta de La Parrilla. Hace años mi marido preparó un par de habitaciones en el sobrado que hay sobre la cocina, pero esta noche están vacías las camas. La mitad del mundo se ha ido a la boda de los Campel. Ya le contaré. Suba si quiere, le enseño el cuarto. Luego baja y come algo caliente.

Tomó el candil del clavo donde colgaba y empezó a subir por la escalera. Loaisa recogió el baúl, sintió el peso de nuevo en los brazos y la siguió. La madera crujía bajo sus pies, pero parecía firme. En el rellano, un pasillo estrecho se abría a dos puertas.

—Este es el mejor que tengo libre —dijo la mujer, abriendo la de la derecha—. No es gran cosa, pero estará solo.

El cuarto era pequeño. Tenía una cama sencilla contra la pared, con colchón de lana y manta doblada; una silla, una cómoda baja y una palangana de loza sobre una mesilla. La ventana, de un solo batiente, daba al camino. Por la rendija se filtraba el rumor de la música lejana.

—Me basta —dijo Loaisa—. Le quedaré agradecido.

—Luego veremos el precio. Ahora deje el baúl y lávese un poco. Abajo le pondré un plato. ¿Cómo dijo que se llama?

—Juan de Loaisa.

—Pues bienvenido sea, señor Loaisa. Yo soy Rosa. Mi marido está en el patio con los hombres. Si baja, pregunte por él; es el que manda en esta casa, aunque a veces se le olvide —añadió, con una media sonrisa.

El comentario suavizó la seriedad del momento. Loaisa agradeció el tono. Cuando se quedó solo, abrió el baúl, sacó una camisa limpia y se cambió. El agua de la palangana estaba fresca; al echarse un poco sobre la cara notó cómo la piel ardiente se calmaba un instante. Miró su propia expresión en el pequeño espejo colgado en la pared. Se vio ojeroso, demacrado. No era la mejor presentación, pero no tenía otra.

Se acercó a la ventana y la abrió un poco. Desde allí se veía, gracias sobre todo a la luna ya que el sol casi se había hundido en el horizonte, el camino, con la franja clara de polvo que lo atravesaba, y, enfrente, la otra casa de buen tamaño con su emparrado delante. Allí estaba la fiesta. Bajo las hojas, a la luz de los faroles, se distinguían figuras que entraban y salían. De cuando en cuando, una pareja se alzaba unos pasos del suelo en un intento de baile, y el círculo de vecinos se abría para dejarles espacio.

Se fijó de nuevo en un detalle: en aquella casa del emparrado, al fondo, sentado en una silla, se adivinaba la figura de un hombre mayor, quieto, con una muleta apoyada. Estaba demasiado lejos para distinguir la cara, pero la postura llamaba la atención. No era la actitud de quien se limita a mirar por gusto; había en esa inmovilidad algo de vigilancia o de desgaste.

No quiso cansarse más. Cerró la ventana, se arregló la ropa y bajó al piso de abajo.

El zaguán desembocaba en una sala amplia que servía a la vez de comedor y de estancia. En el centro había una mesa larga con bancos a los lados. Al fondo, un hogar bajo mostraba brasas todavía encendidas; sobre ellas se veía una olla grande, retirada un poco del fuego. Tres hombres ocupaban la mesa. Tenían aspecto de labradores: camisas abiertas, chalecos manchados de polvo y brazos fuertes. Uno comía aún; los otros dos bebían vino en vasos cortos.

—Aquí está el señor de Cádiz —anunció Rosa, entrando detrás de él—. Dice que va camino de Madrid.

Los hombres levantaron la vista. Uno de ellos, más corpulento, con la barba entrecana y un pañuelo liado al cuello, se incorporó un poco. Tenía esa seguridad en los gestos que dan los años de sostener casas y cuentas.

—De Cádiz, pero no gaditano —dijo—. Eso se le ve en la cara.

—Madrileño —aclaró Loaisa—. Aunque llevo muchos años viviendo en Cádiz.

El hombre asintió, como si encajara las piezas.

—Yo soy Bartolomé —se presentó—, el dueño de esta casa y suerte para servirle. Estos —añadió, señalando a los otros— son mis cuñados, hermanos de mi mujer, a quien ya conoce. Siéntese con nosotros y coma algo antes de que el caldo se enfríe.

Rosa ya había ido al hogar. Sirvió en un cuenco hondo parte del contenido de la olla: garbanzos, un poco de carne y caldo espeso. Lo colocó sobre la mesa y dejó a su lado un mendrugo de pan blanco, más fino que el habitual. También colocó en el centro una gran fuente de cristal con lechuga troceada flotando en agua fresca aderezada con sal, aceite y vinagre. Después volvió a la cocina sin hacer ruido.

—Se lo agradezco —dijo Loaisa, sentándose—. Vengo bastante cansado.

—Lo parece —admitió Bartolomé—. Está pálido. No es buena idea apurar el camino en verano, pero eso ya lo habrá oído muchas veces.

Los otros hombres siguieron a lo suyo, aunque uno se interesó:

—¿Y qué hace un madrileño viviendo en Cádiz y subiendo ahora para Madrid? —preguntó—. Si me permite la indiscreción.

Loaisa dudó un instante. No le gustaba hablar de sí mismo delante de desconocidos, pero sabía que en las posadas las preguntas directas formaban parte del trato.

—Mis tíos viven en Cádiz —explicó—. Me crié con ellos. Voy a la capital a examinarme de escribano.

El arriero silbó en voz baja, como quien oye hablar de algo complicado.

—¡Oficio fino, niño! —comentó—. Mucho papel y poca azada.

—Y mucha responsabilidad —añadió Bartolomé—. Todo pasa por sus manos. No es mala vida si uno sabe llevarla.

La conversación se mantuvo en ese tono, sin demasiada profundidad. Hablaron del calor, de los precios del trigo, de lo poco que valía ya la palabra «seguro» en los caminos. Loaisa comió despacio, agradecido por el calor del caldo. A pesar del cansancio, el estómago respondió bien. El vino, en cambio, lo probó poco. No quería dar ventaja a la fiebre.

Mientras comían, una figura cruzó la sala, cargada con un cuenco más pequeño y una cesta. No venía del zaguán ni del patio, sino de una puerta lateral que debía comunicar con la cocina o con el corral. Pasó junto a la mesa sin mirarlos, concentrada en no derramar el contenido del cuenco, pero en ese segundo Loaisa tuvo tiempo de ver algunos detalles.

Era una muchacha de unos veinte años, de estatura media, muy erguida al caminar. Llevaba un vestido sencillo, de tela clara, cubierto por un delantal. El cabello, rubio, estaba recogido en una trenza gruesa que le caía por la espalda. La piel era clara; las mejillas, ligeramente sonrosadas por el calor del fuego o por el trabajo. Al doblar hacia el zaguán levantó un momento la vista, quizá para evitar tropezar con el marco de la puerta, y sus ojos se cruzaron con los de Loaisa.

Fue un cruce breve, sin gesto. Él notó el azul de la mirada, intenso y frío a la vez, y apartó los ojos antes que ella. No hubo sonrisa ni saludo; sólo una comprobación mutua de la presencia del otro. La muchacha salió al pasillo y desapareció.

—Es Ana —aclaró Rosa, que acababa de regresar con más pan y había seguido la escena—. Nos ayuda en la casa. Hija de colonos de por aquí y buenísima muchacha. No tiene costumbre de andar entre forasteros, por eso no habla mucho.

Lo dijo sin malicia, como quien informa de un hecho. Loaisa no respondió. Pensó que a él tampoco le sobraba costumbre de tratar con mujeres en lugares desconocidos, y que eso quizá se le notaba tanto como a ella.

La comida terminó. Bartolomé se levantó y, con la jarra en la mano, se acercó al ventanuco que daba al patio. Asomó un poco la cabeza y volvió a su sitio.

—Ya estarán casi en lo mejor —dijo—. Estos de los Campel alargan las fiestas y jolgorios como si el tiempo no se acabara nunca.

Loaisa levantó la vista.

—¿La música que se oye viene de esa casa del emparrado?

—Sí —contestó el posadero—. Hoy se ha casado el nieto, Juan, con la hija de otro labrador. Gente seria. El viejo Campel —añadió— es de los primeros colonos de aquí. Llegó de Alemania cuando esto aún parecía un secano malo. Ahora los chicos tienen tierra, casa y hasta boda con música. No les va mal, si el Gobierno no decide otra cosa.

El comentario quedó flotando. Uno de los hombres hizo un gesto con la mano, como espantando una mosca.

—El Gobierno siempre decide alguna cosa —dijo—. Y nunca es para que uno duerma más tranquilo.

Bartolomé no respondió. Se limitó a dejar la jarra sobre la mesa y se volvió hacia Loaisa.

—Si se encuentra con fuerzas —propuso—, puede asomarse un rato. Los de fuera también son bien recibidos en las fiestas, mientras respeten la casa. Y acá al lado no tiene que andar mucho.

Loaisa dudó. El cuerpo le pedía cama; la cabeza, en cambio, sentía curiosidad. Había oído hablar de esas colonias desde

Cádiz, siempre como ejemplo en las discusiones de café. Ver de cerca a una familia de colonos celebrando una boda le pareció una oportunidad de entender algo que los papeles nunca explican del todo.

—Tal vez baje un momento y luego me retire —dijo—. No sé cómo estaré de pie.

—Si se marea, se vuelve —zanjó Rosa—; que le tendré preparada un agua de cebada y una tisana para que se mejore. Nadie lo va a arrastrar a bailar.

Hubo una pequeña risa. Incluso Loaisa sonrió, pese al cansancio.

Antes de salir, subió un momento al cuarto. Quiso asegurarse de que el baúl quedaba en sitio seguro. Cerró con llave y se la guardó en el bolsillo interior de la chaqueta. Se miró al espejo; se alisó el cabello; se pasó un paño húmedo por la nuca y las muñecas para bajar un poco la temperatura. Luego bajó de nuevo.

En el zaguán, Ana entraba en ese momento con una cesta vacía en la mano. Había ido, al parecer, a llevar algo a otra parte de la casa. Al verlo, se echó ligeramente a un lado para dejarle paso. Esta vez, él se detuvo un momento.

—Buenas noches —dijo, con cortesía sencilla.

Ella dudó un segundo y respondió:

—Buenas noches, señor.

Nada más. Pero la voz era clara y no tembló. Lo justo. Ana pasó al interior; él salió al camino.

La música se oía ahora con más nitidez. El aire de la noche era templado. Loaisa cruzó la pequeña distancia que separaba la casa-posada de la casa del emparrado. A cada paso, las voces ganaban cuerpo. Desde afuera, se veía ya el movimiento de los cuerpos y se distinguían algunas palabras sueltas de las coplas.

Se detuvo en el límite del patio, sin invadirlo todavía. Allí, bajo las hojas de la parra, un grupo de colonos bailaba. Junto a ellos, en una silla, continuaba el anciano que antes había visto, con la muleta apoyada en la tierra. Cerca de él, un muchacho y una muchacha, vestidos con mayor cuidado que los demás, recibían felicitaciones.

Loaisa respiró hondo y dio un par de pasos más. A partir de ese momento, la noche ya no fue sólo la continuación de un camino; se convirtió en la entrada en una casa ajena, con sus propias reglas, sus propias alegrías y sus propias penas.

3
Celebración bajo el emparrado

El patio de la casa de los Campel tenía el suelo de tierra apisonada y estaba cerrado por una tapia baja, que dejaba pasar el aire y parte del ruido del camino. Sobre la puerta principal, un emparrado daba sombra a la entrada. De las vigas colgaban dos faroles de aceite, suficientes para iluminar el centro del patio y dejar en penumbra los rincones.

Cuando Loaisa cruzó el límite de la casa, varios rostros se volvieron a mirarlo. No hubo silencio repentino ni gesto de rechazo. Las conversaciones siguieron, pero una curiosidad discreta recorrió el grupo. Rosa, que se había adelantado unos pasos, hizo de intermediaria.

—Es huésped en mi casa —explicó—. Viene de Cádiz y va camino de Madrid. No tiene fuerzas hoy para seguir y le hemos dicho que se quede.

Las palabras, dichas en voz alta, parecían destinadas a todos y a nadie en particular. Un hombre de unos treinta años, de espaldas anchas y camisa limpia, se acercó primero. Tenía el pelo oscuro, el rostro afeitado y la piel curtida por el sol.

—Pues sea bienvenido —dijo—. Hoy sobra comida y alegría. Soy Juan Campel.

Al pronunciar su nombre, señaló con la cabeza hacia el interior del círculo, donde una joven, vestida con un traje claro y un pañuelo nuevo al cuello, recogía vasos de una mesa. La muchacha levantó la vista, como si hubiese oído su nombre, pero no se acercó todavía.

—Juan Campel —repitió Loaisa—. Enhorabuena.

Le tendió la mano. El colono la estrechó con naturalidad.

—Mi mujer se llama Rafaela —añadió—. Es de una de las casas de más allá. Hoy hemos juntado a la familia de un lado y de otro. No somos muchos, pero nos conocemos todos.

Al decirlo, sonrió. Había en esa media sonrisa una mezcla de orgullo y de responsabilidad.

Más hacia el fondo, sentado en la silla de enea, estaba el anciano. La silla era de madera sencilla, situada junto a una mesa donde apoyaba uno de sus brazos. A su lado, colocada en el suelo, descansaba una muleta. El hombre era muy mayor, tendría alrededor de ochenta o noventa años. El cabello, blanco, se recogía en la nuca; la frente, amplia, mostraba arrugas hondas. Los ojos eran claros, de un azul intenso, y observaban la escena sin perder detalle.

Juan guió a Loaisa hacia él.

—Abuelo —dijo—, este es el señor... ¿Cómo dijo?

—Juan de Loaisa —completó el recién llegado.

—El señor Loaisa —continuó Juan—. Se queda en la posada. Viene de paso, pero hoy no puede seguir y doña Rosa lo ha traído.

El anciano alzó un poco la cabeza y examinó a Loaisa con calma. No parecía sorprendido por la presencia de un forastero en su casa. Su mirada se detuvo en las ojeras, en la palidez, en la postura un poco rígida.

—Siéntese usted —dijo al cabo, con un marcado acento, señalando una silla cercana—. Aquí no falta sitio. Y mientras haya pan, lomo de orza y vino, se reparte.

La voz era firme, aunque el cuerpo mostraba desgaste. Hablaba un castellano correcto, sin grandes rarezas, pero con alguna inflexión que revelaba un origen distinto.

Loaisa se sentó. Desde aquella silla, la perspectiva del patio cambiaba. Veía a su derecha a los hombres mayores, algunos con chaleco y pañuelo al cuello, apoyados en los muros; a la izquierda, las mujeres, con faldas de mejor tela que las de todos los días, sentadas en sillas bajas o de pie junto a la mesa. En el centro, los jóvenes, que eran los que bailaban y reían más alto.

En una esquina, un hombre tocaba una flauta de madera. Las manos se movían con rapidez sobre los agujeros. A su lado, en una silla baja, tenía un vaso y un plato con restos de comida. De cuando en cuando, interrumpía la melodía para tomar aire, beber un sorbo o hacer algún comentario que arrancaba una sonrisa general. No cantaba él; las coplas las ponían los mozos y las muchachas, por turno.

—¿Se encuentra algo mejor? —preguntó el anciano, sin apartar la vista del corro.

—Un poco —respondió Loaisa—. El caldo y el descanso han hecho efecto.

—El camino desde Cádiz aprieta —dijo el anciano—. Más si uno no está acostumbrado. ¿Qué lo lleva a Madrid?

—Voy a examinarme de escribano —contestó él—. He estudiado y practicado todo lo que he podido. Si apruebo, me quedará buscar un trabajo donde se pueda.

El anciano asintió, sin mostrar sorpresa.

—Es oficio de cabeza —dijo—. Aquí todos somos de oficios manuales. Pero hace falta gente que sepa leer y escribir lo que otros hacemos. De lo contrario, se pierde todo.

Habló con sencillez, sin halagos. No había en sus palabras ni desprecio ni admiración exagerada. Para él, al parecer, el oficio de escribano era una pieza más en un conjunto que conocía bien.

Mientras tanto, la música había cambiado de ritmo. El músico tocaba ahora un violín con un aire más vivo. Dos parejas se colocaron en el centro. Juan y Rafaela fueron una de ellas. Él levantó el brazo derecho, ella ocupó el espacio frente a él, con los pies bien plantados en la tierra. No se trataba de un bolero u otro baile de la región, el anciano dijo que era «un *bairischer*» y que era muy común en el sur de Alemania. Loaisa nunca había visto algo similar. Eran pasos ciertamente curiosos, las parejas hacían giros continuos, pequeños saltos y zapateos. Los pies marcaban el compás; las manos se alzaban, se acercaban y se retiraban con cierto pudor. Al girar, las faldas se abrían en círculos bajos y los chalecos se desajustaban un instante, dejando ver las camisas. A cada vuelta, los bailarines se acercaban tanto que casi rozaban las frentes, para separarse enseguida con una sonrisa contenida, como si el juego consistiera en acercarse sin tocarse del todo. El grupo avanzaba y retrocedía sobre la tierra apisonada, dibujando una rueda irregular que se cerraba y se abría al son del violín. Desde fuera, el baile tenía algo de faena campesina y algo de cortejo: un ir y venir de pasos fuertes, giros apretados y risas ahogadas.

Loaisa observó. No era amigo de bailes ni tenía costumbre de participar en ellos, pero sabía reconocer la soltura de quien está en su elemento. Vio la manera en que Juan miraba a su mujer, sin arrogancia; cómo Rafaela, sin apartar la vista de él, sonreía sólo lo justo. No había ostentación en sus movimientos. Mostraban seguridad en el cuerpo y en la propia casa.

Se fijó también en los rostros de los demás. Aunque abundaban los cabellos rubios, los ojos azules o verdes y la piel de algunas mujeres era llamativamente blanca, no se veían diferencias grandes en la ropa ni en los gestos. Todos parecían pertenecer a una misma franja social. No había señores de fuera ni figuras que destacaran por lujo. Cada uno sabía qué tierra trabajaba, qué parcela le correspondía. Esa igualdad visible producía un efecto particular: parecía que todos compartían la misma suerte, buena o mala.

El anciano seguía el baile sin apartar la vista. De vez en cuando, el ceño se le fruncía levemente, como si algún recuerdo lo atravesase. No interrumpía, no llamaba a nadie, no daba órdenes. Se limitaba a mirar.

—¿Conoce usted bien estas colonias? —preguntó Loaisa, aprovechando una pausa en la conversación.

—Más de lo que quisiera —respondió el viejo, sin sarcasmo— . Llegué cuando apenas había casas ni árboles plantados. Ahora tengo hijos y nietos. Uno se acostumbra a todo.

La respuesta no era una invitación a preguntar más, pero tampoco cerraba el paso. Loaisa decidió no insistir por el momento. Le bastaba con saber que aquel hombre, sentado a su lado, había visto transformarse aquel desierto en el conjunto de casas y campos que tenía delante.

Rosa apareció entonces en el patio con una fuente. Llevaba tajadas de carne y trozos de pan tostado. Dos muchachas, una de ellas Ana, la ayudaban a servir. Las bandejas circulaban de mano en mano. Ana pasaba cerca de la silla de Loaisa; dejaba un plato en la mesa pequeña junto a ellos y seguía sin detenerse. Esta vez, apenas lo miró. Él se fijó de reojo en la seriedad con que trabajaba, en el cuidado al no dejar caer nada al suelo.

—Es sobrina de unos colonos de más allá —comentó Rosa, al pasar, olvidando, o quizá no, que ya se lo había dicho con anterioridad— . Desde hace años nos ayuda. Tiene buenos brazos.

No añadió más. El dato quedaba ahí, como parte de la información necesaria para entender quién era quién.

La fiesta continuó. Se sucedieron los bailes y las canciones. Hubo un momento para brindar por los novios. Juan, con una copa en la mano, agradeció en voz alta la presencia de todos, con palabras sencillas. Dijo que la tierra que sus abuelos habían venido a trabajar era ahora también la suya y la de Rafaela, y que esperaba que los hijos que vinieran supiesen mantenerla con la misma dignidad.

Aquella declaración, que en otro lugar habría sonado quizá a discurso preparado, allí tenía la solidez de lo evidente. Todos sabían qué parcela trabajaba cada uno, cuántos olivos eran de una casa y de otra, quién había tenido un año de mejor cosecha y quién de peor. El patrimonio estaba repartido de manera parecida. Nadie podía comprar a los otros sin más; tampoco vender a la ligera lo que había recibido. Ese equilibrio, que no impedía las preocupaciones de cada uno, daba cierta tranquilidad a la comunidad. Por lo menos así había sido hasta ese mismo año. Ahora, sin la protección y sin las prohibiciones del Fuero, nadie podía adelantar qué ocurriría.

A medida que avanzaba la noche, Loaisa fue sintiendo el peso del cansancio con más claridad. La fiebre subía y bajaba en oleadas, sin llegar a derribarlo. El aire del patio, aunque fresco para la estación, se le hacía denso por momentos. Aun así, se mantuvo en la silla, con la cortesía de quien sabe que no se levanta de casa ajena sin despedirse. Poco a poco, algunos invitados fueron marchándose. Los más mayores se retiraron primero. Quedaron los jóvenes, empeñados en estirar la noche. El músico seguía tocando el violín y la flauta, aunque cada vez con más pausas; en las que algún colono se animaba a tocar una guitarra, con más voluntad que habilidad. El anciano Campel, en cambio, no parecía tener prisa. Permanecía en su silla, con la muleta al lado, como si hubiera decidido no moverse hasta que la fiesta terminara del todo.

Cuando la música se detuvo por fin y los últimos bailes se disolvieron en conversaciones en voz baja, el anciano se volvió hacia Loaisa.

—¿Tiene ya cuarto donde dormir? —preguntó.

—La señora Rosa me ha ofrecido uno en la posada —respondió él.

El anciano asintió.

—Hace bien en quedarse aquí esta noche —dijo—. Es mejor que arriesgar el cuerpo en el camino, por cerca que pueda quedar de aquí La Carlota. Y hoy es un buen día para llegar aquí. No siempre se encuentra uno con una casa así de contenta.

Loaisa se levantó de la silla con cuidado. Le dolían las piernas. Agradeció al anciano la acogida y felicitó de nuevo a los novios. Juan le estrechó la mano; Rafaela inclinó ligeramente la cabeza. No hubo grandes demostraciones, pero el gesto fue sincero.

—Si mañana sigue aquí —dijo Juan—, pásese a comer unas sopaipas. Mi abuelo siempre madruga más que el cura.

La frase, dicha con naturalidad, sonó como una invitación abierta. Loaisa respondió que, si las fuerzas lo permitían, se acercaría a saludar.

Salió del patio acompañado por Rosa. La posada estaba a dos pasos. El camino entre ambas casas, a esas horas, era un tramo de suelo claro bajo el cielo mucho más oscuro. De la fiesta quedaban el eco de algunas risas lejanas y el olor a vino derramado.

—Suba a acostarse —dijo Rosa—, pero si me espera un rato le doy el agua de cebada y la tisana. Mañana, si Dios quiere, amanecerá mejor.

Loaisa subió la escalera con los dos vasos. Entró en el cuarto, cerró la puerta y, tras bebérselos, se dejó caer sobre la cama sin desvestirse del todo. Apenas tuvo tiempo de pensar en las caras que había visto, en el anciano con la muleta, en la muchacha que servía platos sin levantar la vista y en el joven que hablaba de la tierra como de algo que se hereda con responsabilidad. Luego la fatiga se impuso, y la casa quedó en silencio.

4
Noche de fiebre

Durmió a trozos. Cerró los ojos con la intención de descansar un poco antes de desvestirse del todo, pero no llegó a hacerlo. El cansancio, la comida reciente y el calor acumulado del día lo empujaron a un sueño irregular. El candil quedó encendido sobre la mesilla, consumiéndose poco a poco.

La fiebre subió sin violencia, pero con constancia. Loaisa se removía en la cama, atrapado en una serie de imágenes que se sucedían sin orden: la mesa de la tienda de sus tíos en Cádiz, los barcos balanceándose en el muelle, las cruces de madera junto al olivo del camino o la cara del viejo Campel mirando el baile bajo el emparrado. En medio, una hoja de papel en blanco que nadie empezaba a escribir, un tintero volcado y una pluma seca.

En uno de esos despertares breves notó la boca seca y la camisa pegada al cuerpo. Se incorporó a medias y miró en torno. El candil seguía encendido, aunque la llama era ya pequeña. Alcanzó la jarra de agua, bebió unos sorbos con cuidado de no empaparse, se pasó la mano por la frente y notó el calor. Se dijo, sin dramatismo, que no era la primera vez ni sería la última. Desde hacía meses, los accesos de fiebre aparecían cuando menos convenía. En Cádiz los atribuían al aire de mar y a algún enfriamiento mal curado; él sabía que también pesaban el esfuerzo y las noches de estudio.

Se obligó a apagar el candil. La oscuridad del cuarto no era completa: la rendija de la contraventana dejaba entrar una franja tenue de luz exterior. Se tumbó de lado, apretó los dientes para soportar los escalofríos que habían sustituido al calor y esperó a que el cuerpo encontrase su propio equilibrio. No pensó en nada concreto. El examen de Madrid, la preocupación de sus tíos y la impresión de la boda se mezclaron hasta perder contornos.

Cuando se despertó de nuevo, la claridad del día se colaba ya por la ventana. La fiebre había bajado. Tenía el cuerpo dolorido, como después de una jornada de trabajo pesado, pero la cabeza estaba más despejada. Se incorporó con lentitud, se sentó al borde de la cama y dejó que los pies buscasen el suelo. El ladrillo estaba fresco.

Abrió la ventana. El aire de la mañana entró sin violencia. Afuera, el camino se veía distinto. El polvo, que la noche hacía parecer gris, tenía ahora un tono más claro. Se oían voces lejanas de hombres y mujeres, el balido de alguna oveja o el canto aislado de un gallo. En la casa de enfrente, la de los Campel, la puerta del patio estaba entornada. Un muchacho barría el suelo de tierra; una mujer colgaba ropa en una cuerda, aprovechando el sol temprano. El emparrado, que la noche convertía en techo oscuro, mostraba ahora las hojas verdes con mayor detalle. Las sillas que habían ocupado los mayores estaban apiladas en un rincón. No quedaba rastro de la música. Sólo el movimiento ordenado de una casa que vuelve a su rutina tras la fiesta.

Loaisa permaneció un momento junto a la ventana, apoyado en el marco. Tenía esa sensación conocida de quien ha pasado mala noche y, al despertar, duda durante unos segundos de dónde está. No era Cádiz; no era Madrid; tampoco la venta inhóspita. Era una casa intermedia, en un camino que llevaba a otra parte, pero que por unas horas se había convertido en destino.

Se lavó la cara y el cuello con el agua que quedaba en la palangana. La piel agradeció el contacto. Se cambió de camisa, peinó como pudo el cabello en el espejo pequeño y bajó a la planta baja.

Rosa estaba ya en la sala, limpiando los restos de la cena del día anterior. El hogar seguía encendido, aunque el fuego se había reducido a brasas. Sobre ellas, un puchero ennegrecido hervía despacio, con agua y un puñado de cebada tostada. El olor tibio y oscuro de la infusión se mezclaba con el del pan recién calentado sobre las ascuas.

—Buenos días le dé Dios —saludó Loaisa.

La mujer lo miró con rapidez, de arriba abajo.

—¿Cómo ha pasado la noche, señor Loaisa?

—Mejor de lo que temía. Tuve fiebre, pero ahora parece que ha bajado.

Rosa dejó el paño que tenía en la mano sobre la mesa y se acercó un poco más.

—Tiene otra cara —dijo—. Ayer la traía usted como papel viejo. Siéntese, le serviré una taza. Luego veremos si está en condiciones de seguir.

Loaisa obedeció. Se sentó en uno de los bancos, cerca del hogar. Notó el calor leve de las brasas en las piernas. Rosa vertió el agua de cebada en una taza de loza, añadió un poco de leche y la colocó delante de él. También dejó un trozo de pan y un poco de queso.

—Coma despacio —añadió—. No hay prisa.

—Les estoy dando más trabajo del necesario —replicó él—. No era mi intención.

—La intención no lo es todo —zanjó ella—. Si uno cae enfermo en casa ajena, se atiende y ya está. Bastantes penas trae cada cual encima como para negarle a otro una cama.

Habló sin dureza, pero con firmeza. Se notaba en sus palabras una costumbre de mandar en la casa y de resolver lo posible sin grandes discursos.

Mientras Loaisa desayunaba, Bartolomé entró por la puerta que daba al corral. Llevaba la camisa sin abrochar del todo y el sombrero en la mano. Se le veía ya preparado para empezar la jornada.

—Buenos días —dijo—. ¿Cómo hemos amanecido?

—Más entero que ayer —respondió Loaisa—. Aún cansado, pero con menos calor.

Bartolomé se acercó y le puso la mano en el hombro, con naturalidad.

—El cuerpo sabe lo que hace —comentó—. La fiebre no viene por gusto. Si yo fuera usted, no continuaría inmediatamente el camino a Madrid. La Carlota está ahí mismo y en ella paran a diario varias diligencias. Puede quedarse en casa un par de días, hasta que se vea seguro.

—No quiero abusar —replicó él—. Bastante han hecho ya.

Rosa soltó una breve risa incrédula.

—Abusar es otra cosa. Usted lleva dinero para las posadas, no viene de limosna. Se queda dos noches, come lo que haya y luego sigue. Y si la fiebre vuelve, al menos no lo cogerá tirado en el camino.

Loaisa sabía que tenían razón. La prudencia aconsejaba detenerse. El problema era el tiempo. Cada día que no caminaba hacia Madrid era un día menos de preparación junto a los papeles y los libros. Aun así, notó que la resistencia inicial se aflojaba.

—Veré cómo me encuentro a mediodía —dijo—. Si sigo mejorando, quizá pueda marchar mañana.

—Haga lo que quiera —respondió Bartolomé—. Pero no salga de esta casa sin comer algo caliente hoy. Y si se anima a dar un paseo, el cura vive no muy lejos. Es hombre leído, conoce bien la historia de estas casas. Hablar con él no le hará daño.

Era la primera vez que oía mencionar al capellán. Loaisa guardó el dato, aunque en ese momento no supo si tendría fuerzas para presentarse en ninguna parte.

Terminó el café y el pan, agradeciendo en silencio la sensación de alimento sencillo pero firme. Luego se levantó, dio las gracias a ambos y salió al zaguán. Le apetecía ver el exterior con luz completa.

El camino estaba ya animado. Algunas mujeres caminaban con cántaros hacia algún pozo o fuente; uno o dos carros crujían en la distancia, cargados probablemente con sacos de grano o haces de leña. En la casa de los Campel, la actividad se notaba desde la puerta. Un muchacho sacaba sillas al patio para airearlas; Rafaela barrió los restos de hojas del emparrado; varias mujeres recogían platos en una mesa auxiliar.

Loaisa dudó un instante. No quería convertirse en un curioso más, pero sintió el deber elemental de agradecer en persona la acogida de la noche anterior. Cruzó el camino, llamó con suavidad en el marco de la puerta del patio y esperó.

Fue Rafaela quien se acercó, con la escoba todavía en la mano.

—Buenos días —dijo él—. No quería molestar. Sólo venía a darles las gracias por la atención de ayer.

Ella sonrió con naturalidad.

—No hay nada que agradecer, señor —respondió—. Fue cosa del abuelo Juan. Él dijo que todo el que llegase ayer tenía sitio. Pase, si quiere. Está ahí sentado.

Señaló hacia el centro del patio. El anciano Campel ocupaba la misma silla de la noche anterior, pero la escena era otra. Sin música ni luces, el espacio parecía más grande. La muleta descansaba a su lado, en la misma posición. El viejo alzó la vista al oír los pasos y reconoció a Loaisa de inmediato.

—Buenos días, señor escribano —saludó, con una leve ironía en el título.

—Todavía no lo soy —aclaró Loaisa—. Sólo espero llegar a serlo.

Se acercó y tomó la silla que Rafaela le indicó.

—¿Durmió? —preguntó el anciano.

—A ratos. La fiebre me tuvo entretenido, pero ahora estoy mejor.

Campel lo miró con detenimiento, como si evaluara la respuesta no sólo en las palabras, sino en el color de la piel y la postura de los hombros.

—No tiene buena cara todavía —dijo al cabo—. El verano aquí aprieta y los caminos castigan más de lo que uno cree. Si fuera usted hijo mío, no lo dejaba seguir hoy.

La frase no pretendía ser un consejo médico, sino un juicio apoyado en años de experiencia.

—Pensaba acercarme al pueblo y seguir mañana —explicó Loaisa—. No quiero retrasar demasiado el viaje. El examen no va a esperarme.

El viejo sonrió apenas.

—Los exámenes están siempre ahí —dijo—. Lo que no siempre está es el cuerpo para presentarse. Y si me permite la confianza, no parece usted hecho para andar a jornadas de ocho o diez leguas estos días.

Callaron un momento. Rafaela había vuelto a sus tareas. En la cocina, amasó a toda prisa un poco de harina con agua y sal, hizo una bola lisa y fue arrancando trozos que estiraba con las manos sobre la mesa enharinada. Cuando el aceite estuvo bien caliente en la sartén, echó la masa en láminas; las sopaipas se hincharon al instante, dorándose por los bordes. Las fue sacando con una espumadera y las dejó escurrir sobre un paño, antes de colocarlas en una bandeja junto a dos tazones de leche templada.

Al cabo de unos minutos, la puerta que daba al patio se abrió y Rafaela apareció con la bandeja entre las manos. Dejó las sopaipas humeantes sobre la mesa y acercó los tazones. Loaisa se removió en la silla.

—No se hubiera molestado —dijo—, ya he comido esta mañana... Pero las probaré, faltaría más, que huelen demasiado bien.

Se sentó junto al anciano y tomó una sopaipa, primero con reparo, arrancando solo un pellizco para mojarlo en la leche. El viejo, que al principio decía no tener hambre, hizo lo mismo y, tras el primer bocado, alargó la mano en silencio hacia la bandeja. La masa estaba tierna por dentro y crujiente por los bordes, con un gusto leve a aceite limpio que invitaba a repetir. Sin darse mucha cuenta, entre los dos fueron apurando una tras otra; cuando quisieron mirar, apenas quedaban un par de sopaipas en el plato, reservadas por cortesía para Rafaela.

—Quédese un par de días en la posada donde ya se ha instalado —añadió Campel—. Vea algo de estas casas, descanse y hable con el capellán mayor, si le apetece. Luego, cuando el cuerpo responda, siga su camino. Madrid no se va a mover de sitio.

Loaisa escuchó con atención. Notó que la propuesta no llevaba aparejada ninguna segunda intención. No le pedía trabajo ni compromiso; sólo descanso. Por un momento, pensó en la imagen que los colonos tendrían de un joven que llegase, se instalase dos días y se marchase. Pero la idea de sostener el baúl durante horas bajo el sol y con la fiebre latente pesaba más.

—Haré eso —dijo, al fin—. Hoy me quedaré. Mañana veré cómo me encuentro.

El anciano asintió, satisfecho.

—Mejor así. Y si le sobra tiempo —añadió—, puede venir a hacerme compañía algún rato. El cuerpo ya no me da para ir hasta el camino tantas veces como antes, pero la cabeza todavía recuerda cosas que quizá interesen a alguien que sabe y puede escribir. A mis años la vista ya casi no me deja ni leer...

—Vendré —respondió Loaisa—. Si no le molesta, claro.

—Para eso lo digo —concluyó Campel.

Se despidieron con un apretón de manos breve. Al cruzar de nuevo el camino hacia la posada, Loaisa sintió que el día tenía ya otro ritmo marcado; no sería una jornada de avance, sino de pausa. No sabía si eso lo acercaba o lo alejaba de su objetivo en Madrid, pero estaba seguro de que el cuerpo lo agradecería.

El sol subía despacio. Las sombras de los olivos se acortaban. En la casa de Rosa y Bartolomé, el movimiento del desayuno daba paso al de las tareas habituales. Loaisa volvió a su cuarto con la intención de repasar algunas anotaciones para su examen.

5
La visita del alguacil

El calor del mediodía se hizo notar pronto. El sol caía en vertical sobre los rastrojos y sobre los olivares, y el aire, quieto, parecía sostener durante unos segundos el polvo que levantaban los pasos. En la casa de los Campel, el movimiento de la mañana había dejado paso a una calma relativa. Los restos de la celebración de la boda estaban casi recogidos. La mesa del patio se había vaciado de platos; las sillas, ordenadas en fila junto a la pared, esperaban a que algún día de fiesta o de reunión las volviese a poner en círculo.

Loaisa, tras varias horas de estudio, había dedicado parte de la mañana a pasear por las inmediaciones. No se alejó mucho. Siguió el camino unos cientos de pasos hacia La Carlota, observó otras casas de colono y regresó antes de que el sol se hiciera insoportable. Al volver a la posada, Rosa le propuso que almorzase temprano y que luego descansara un rato.

—Por la tarde, si se ve con ganas —añadió—, acérquese otra vez a casa de los Campel. El viejo no se cansa de hablar cuando encuentra a quien le escuche.

Aceptó. Comió con apetito moderado, bebió agua fresca y se recostó un rato en la cama. No llegó a dormirse del todo. Cuando sintió que el calor empezaba a bajar, se levantó, se lavó la cara y salió de nuevo al camino.

El patio de los Campel estaba abierto. Esta vez no hubo que llamar. La puerta interior estaba entornada y la sombra del emparrado alargaba una franja fresca sobre el suelo. El anciano ocupaba su silla de siempre, bajo la parra. Tenía un sombrero de ala ancha calado hasta la frente, para protegerse del sol que entraba de lado.

—Buenas tardes, señor Loaisa —saludó, al verlo entrar—. Tiene mejor aspecto que esta mañana.

—Gracias a su consejo y a la cama de la posada —respondió él—. ¿Puedo sentarme?

—Claro que sí.

Loaisa tomó la misma silla en la que había estado sentado horas antes. Rafaela, al fondo, estaba ocupada en remendar una prenda. Juan había salido al campo temprano y aún no había regresado. En la casa se respiraba la tranquilidad de las labores hechas hasta la hora de la siesta.

Hablaron un rato de cosas menores. El anciano preguntó por el viaje desde Cádiz, por el tiempo que pensaba quedarse, por el estado de los caminos más allá de La Carlota. Loaisa respondió con la precisión que pudo. Aprovechó para preguntarle, con cautela, por la historia de la colonia: cómo habían sido los principios, qué familias llegaron primero y cómo se repartieron las tierras.

Campel contestó sin prisas. Recordó la llegada bajo un sol semejante, la impresión de un llano casi vacío, las primeras casas levantadas con ayuda de cuadrillas pagadas por la Corona y la sorpresa de ver a gentes de distintos países, que nada hablaban todavía en español, compartir un mismo proyecto. No comentó aún de sí mismo; se mantuvo en el plano general.

La conversación quedó interrumpida por un ruido de cascos en la vereda. No era el paso lento de una caballería de labor ni el de un carro cargado. Sonaba un trote más vivo, acompañado por el tintineo de algún herraje suelto.

Rafaela levantó la vista. El anciano, sin moverse, ladeó un poco la cabeza, como quien afina el oído.

—Ese caballo no es de aquí —dijo, en voz baja.

Un momento después, la figura de un hombre a caballo apareció en el marco de la puerta del patio. Llevaba sombrero de ala ancha, chaqueta corta de paño algo lustroso y una cartera de cuero colgada cruzada sobre el pecho. La mirada era fría y acostumbrada a imponer presencia.

Detuvo el caballo a la altura de la entrada y habló desde allí, sin desmontar.

—¿Casa de Juan Campel?

Rafaela dejó la labor, se acercó un par de pasos y respondió:

—Sí, señor. Pero no está. Salió al campo esta mañana. Volverá al caer la tarde.

El jinete chasqueó la lengua con impaciencia.

—Traigo un oficio para él —dijo—. Es del Ayuntamiento de La Carlota, por orden superior. Tiene que notificarse hoy.

En la palabra «oficio» había una dureza que Loaisa reconoció al instante. No era un simple recado. La cartera de cuero confirmaba que no se trataba de un vecino cualquiera, sino de alguien que vivía de llevar y traer papeles: un alguacil, un corchete al servicio de la autoridad.

El anciano Campel, desde el fondo del patio, alzó la voz lo justo.

—Pase usted —dijo—. Si el oficio es para mi nieto, puede entregarlo aquí. Yo soy su abuelo.

El hombre dudó un momento y terminó por desmontar. Ató las riendas a un clavo del muro y entró en el patio, abriéndose paso con seguridad. Llevaba botas polvorientas, espuelas discretas y un gesto que mezclaba costumbre y distancia.

—Buenas tardes —saludó, sin inclinarse—. Soy el alguacil de la colonia. Traigo este papel.

Sacó de la cartera un pliego doblado, con un sello estampado en la parte posterior. Lo sostuvo en la mano, sin entregarlo aún.

—¿Juan Campel estuvo presente en el sorteo de quintas celebrado anteayer? —preguntó.

El anciano clavó la mirada en él.

—No —respondió—. Estaba en los preparativos de la boda. Y tenía entendido que aquí, por lo que se nos concedió al llegar, no entraban los nuestros en sorteo.

El alguacil negó con la cabeza, sin cambiar de expresión.

—Eso era antes —replicó—. Ahora ya no rige el Fuero. Desde marzo, todos los mozos de las colonias entran en quintas como los de cualquier pueblo. Se les ha notificado en el ayuntamiento y se ha publicado en la iglesia. El que no se presenta, cae en rebeldía.

Se produjo un silencio breve. Rafaela miró al anciano; este no apartó la vista del funcionario.

—Juan no se ha presentado —continuó el alguacil—. Aquí está el oficio que lo declara prófugo y, por tanto, soldado. Debe comparecer de inmediato. Si no, se procederá como corresponda.

Al pronunciar estas últimas palabras, sacó el pliego y lo tendió hacia el centro del patio. No lo ofreció a nadie en concreto. Loaisa, que seguía la escena desde su silla, notó en el gesto una mezcla de rutina y de cierta satisfacción profesional. Conocía ese tipo de actitudes. Había visto, en Cádiz, a agentes similares disfrutar en silencio de la importancia de llevar malas noticias selladas.

Fue Rafaela quien, al ver que nadie adelantaba la mano, se decidió a tomar el papel. Lo sostuvo sin abrirlo, como si quemara. El anciano, con esfuerzo, se incorporó un poco en la silla.

—Acérquemelo —pidió.

Ella lo hizo con cuidado. Se lo puso en las manos. Los dedos de Campel, marcados por años de trabajo, palparon primero el borde, luego el lacre. Miró al alguacil.

—¿No se mantiene ya lo que nos prometieron al llegar? —preguntó—. Se nos dijo que ni nosotros ni nuestros hijos entraríamos jamás en quintas. Que la Corona necesitaba brazos para la tierra, no para la guerra.

El hombre encogió los hombros, como quien se sacude un peso que no es suyo.

—Lo que se prometió, se prometió —dijo—. Pero los tiempos cambian. La orden viene de más arriba. Aquí —añadió, señalando el papel— está todo explicado. Si su nieto quiere reclamar, que vaya a la escribanía y pida copia. Pero mientras tanto, el oficio manda.

En aquella frase se resumía, de forma seca, la distancia entre la palabra dada hacía décadas y la situación presente. Loaisa escuchaba con atención. No pudo evitar pensar en la redacción de esos oficios, en las manos que los escribían lejos del campo de olivos, en la firma de algún alcalde o comisionado que, quizá, nunca había pisado aquellas casas.

Rafaela estaba pálida. Se agarró al respaldo de una silla para sostenerse.

—Señor —dijo al alguacil—, Juan no es hombre de esconderse. Si le hubieran dicho que tenía que presentarse, lo habría hecho. ¿No hay forma de arreglar esto sin llevarlo preso? Acabamos de casarnos.

El alguacil la miró con cierta frialdad, pero sin crueldad abierta. Parecía acostumbrado a ese tipo de súplicas.

—Arreglos siempre hay —admitió—. La ley dice que el mozo que no quiere ir puede presentar sustituto. Se paga la cantidad, se busca a otro, y asunto hecho. Pero eso cuesta dinero. Y no poco.

—¿Cuánto? —preguntó el anciano, antes que nadie.

El hombre mencionó una cifra. No era pequeña. Para una familia campesina, suponía varios años de ahorros.

—Si para mañana al amanecer no está el sustituto presentado y pagado —añadió—, tendré que volver con la orden de prenderlo. Y entonces no habrá remedio. El papel ya está en marcha.

Dejó la frase en el aire, como si el peso no fuera con él. Luego guardó silencio, esperando respuesta.

Campel bajó la vista al pliego que tenía en las manos. No lo abrió. No le hacía falta leer el contenido para saber lo esencial. El nieto, recién casado, estaba entre el campo y la guerra. El privilegio fundacional, aquel que les había hecho cruzar media Europa, se había desvanecido en alguna oficina. Los colonos eran ya, a efectos de quintas, como cualquier otro vecino de Castilla o de Andalucía.

—Déjenos un momento —dijo el viejo, con voz más baja, pero firme.

El alguacil pareció dudar. No quería irse sin dejar claro su papel.

—Repito —insistió—: yo cumplo órdenes. He de dejar constancia de que el oficio ha sido notificado. Si mañana no hay sustituto ni comparecencia, vendré con la Guardia. No diga luego que no se avisó.

—Queda avisado —respondió Campel.

El hombre asintió, recogió la cartera y salió al patio. Montó de nuevo y, sin despedirse, espoleó ligeramente al caballo. El animal reanudó el trote por el camino, levantando una nube de polvo. El patio quedó en silencio. Sólo se oía, al fondo, el golpe de una puerta y el ruido de un cubo que Rafaela había dejado caer sin querer.

Loaisa no habló. Sentía que cualquier palabra estaría de más en ese momento. Había estado presente en comparendos de deudores en Cádiz, había visto a escribanos leer sentencias de embargo, pero la mezcla de boda reciente, casa abierta y oficio de quintas le resultaba particularmente dura.

El anciano sostuvo el papel un momento más y luego lo dejó sobre la mesa.

—Esto —dijo, en voz baja— es lo que queda de las promesas. Una más a la lista de todas las incumplidas o interpretadas como han querido…

Se pasó la mano por la frente, como si quisiera despejar pensamientos. Luego miró a Rafaela, que se había acercado de nuevo, con los ojos humedecidos.

—Ve a buscar a Juan —ordenó, con suavidad—. Que venga cuanto antes. No lo llames con gritos, no asustes a la gente. Dile sólo que necesitamos hablar.

Ella asintió y salió al camino casi corriendo.

Cuando quedaron solos, o casi solos, el anciano volvió la vista hacia Loaisa.

—¿En Cádiz hablan de estas cosas? —preguntó—. ¿O sólo llegan noticias de barcos y guerras que tienen lugar lejos?

La pregunta no tenía reproche. Sonaba más bien a constatación de distancias.

—Llegan noticias sueltas —respondió Loaisa—. Se habla de quintas, de levantamientos y de leyes nuevas, sobre todo desde que el infante Carlos María reclamó la Corona, pero casi nunca se cuentan las consecuencias concretas en una casa.

Campel hizo un gesto leve, como de asentimiento.

—En la colonia, cuando llegamos —dijo—, nos prometieron muchas cosas. Tierra, herramientas y ganado. También exenciones de ciertos tributos y de ciertas cargas. Entre ellas, las quintas. Se nos dijo que mientras hubiera colonos que trabajaran la tierra, el rey preferiría enviarlos al campo antes que a los cuarteles. En papeles debió de estar escrito. Pero los papeles cambian. Los ministros vienen y van. Lo que ayer era privilegio, hoy es gasto. Y lo que se prometió a los abuelos se le niega a los nietos.

No elevó la voz. No había en ella tono de arenga. Hablaba con la calma de quien ha tenido tiempo para pensar en esos cambios.

—¿No podrían unirse y protestar? —se aventuró a decir Loaisa.

El anciano sonrió sin alegría.

—¿Ante quién? —preguntó—. El Fuero que nos regía ha sido suprimido. El intendente que administraba nuestras cosas ya no manda. Aunque el subdelegado Chorot sigue administrando los bienes de la Hacienda, ahora dependemos del mismo aparato que gobierna al resto. Cada casa tiene trabajo, deudas e hijos. Reunirse, escribir, ir a la capital de la provincia… todo eso cuesta tiempo y dinero. Y cuando llegue la respuesta, si llega, el mozo ya estará vestido de soldado.

Guardaron silencio. En la distancia, se oían voces apagadas, quizá de otras casas. El sol se había desplazado un poco; la sombra del emparrado se movía lentamente sobre el suelo del patio. Al cabo de unos veinte minutos, se oyó un paso más ligero en el camino. Rafaela entró de nuevo. Detrás de ella, con la camisa sudada y el rostro aún encendido por el trabajo en el campo, apareció Juan. Traía el azadón al hombro.

—¿Qué pasa? —preguntó, viendo las caras.

Rafaela no supo por dónde empezar. Fue el anciano quien indicó con un gesto el papel sobre la mesa.

—Ha venido el alguacil —dijo—. Trae un oficio de quintas. No te presentaste el día del sorteo, ni después. Y se ve que no sabían dónde notificarte que te presentaras... hasta hoy.

Juan recogió el pliego, lo abrió con manos que temblaban más de lo que quería admitir y leyó despacio. No era hombre de letras, pero conocía lo suficiente para entender lo esencial. A medida que avanzaba en las líneas, la expresión se le endurecía.

—¿Prófugo? —leyó en voz alta—. ¿Soldado por fuerza?

Respiró hondo y miró primero a Rafaela, luego al abuelo.

—No me escondí —dijo, con firmeza—. Nadie vino a decirme que tenía que presentarme. Y si lo hubiera sabido, habría ido. Pero no quiero dejarla sola ahora —añadió, señalando a su mujer—. Para eso no la llevé ayer al altar.

El anciano hizo un gesto para que se sentara. Juan obedeció a medias; se apoyó en el respaldo de una silla, sin soltarse del todo del azadón.

—El alguacil ha dicho —explicó Campel— que se puede presentar sustituto. Pero piden una cantidad que no tenemos a mano. Si mañana al amanecer no está resuelto, vendrá con varios soldados a llevarte.

Juan apretó la mandíbula.

—Pues que vengan —dijo—. No puedo inventar dinero.

Rafaela rompió a llorar, sin alaridos, pero con un llanto que le sacudía los hombros. Se sentó en una silla y se cubrió el rostro con las manos.

El anciano la miró un instante y luego volvió la vista hacia el interior de la casa. Sus ojos se detuvieron en un arcón de madera, arrimado a la pared del fondo. No era grande, pero tenía un aspecto distinto de los muebles corrientes. La madera estaba más oscura, las bisagras, mejor trabajadas.

—Ayúdame —dijo, dirigiéndose a Loaisa—. Vamos a abrir ese cofre.

No había mandado llamar a ningún miembro de la familia. Tal vez porque no quería miradas de más. Loaisa se levantó, cruzó el patio y se colocó junto al arcón. El anciano, con dificultad, se incorporó de la silla, tomó la muleta y caminó despacio hasta allí. Rafaela y Juan lo siguieron con la mirada.

El cofre tenía una cerradura vieja, de hierro. El anciano sacó de una jarra del estante de la pared una llave con un cordel rojo atado. La introdujo en el ojo, giró con esfuerzo y levantó la tapa. El interior olía a madera cerrada y a tela guardada largo tiempo.

Apartó con cuidado algunos paños doblados, una pequeña caja metálica y un libro de oraciones en alemán ya ajado. Debajo, envuelto en un lienzo blanco, se veía un objeto pequeño.

Loaisa, sin atreverse a tocar, observaba.

Campel tomó el paquete con manos firmes, pese a los años. Desenvolvió el lienzo. En su interior apareció un anillo.

No era una joya vulgar. El aro, de oro grueso, sostenía un escudo trabajado con detalle; rematado por un diamante. Se distinguían pequeñas figuras en relieve: líneas, quizá torres o animales, difíciles de ver a simple vista, pero claramente grabados con cuidado. No era una sortija de mercado; tenía la apariencia de esas piezas que pasan de generación en generación en familias muy acomodadas.

El anciano lo sostuvo un instante a la altura de los ojos. Luego lo mostró a Juan y a Rafaela, que nunca antes habían visto la joya, pero que tampoco preguntaron sobre ella, sin duda, por la preocupación que ahora les embargaba.

—Este —dijo— es lo último que me queda de antes de venir aquí. No es sólo oro. Tiene historia. Y a mí me pesa más la historia que el metal. Pero hoy hay una urgencia mayor.

Se volvió hacia Loaisa.

—¿En Cádiz —preguntó— ha visto usted plateros que sepan lo que valen estas cosas?

—Los hay —respondió él—. Y en Sevilla, más aún.

—Pues en Sevilla o donde haga falta se venderá —dijo el viejo—. No puedo volver atrás el Fuero ni las promesas rotas, pero puedo hacer que mi nieto no vaya a la guerra por falta de dinero. Los años que me queden prefiero verlos aquí, no en la puerta de una iglesia esperando una carta del frente.

Juan abrió la boca para protestar.

—Abuelo, eso no…

El anciano levantó la mano.

—No me lo discutas —interrumpió—. Cuando tu abuela vino conmigo hasta estos campos, dejó atrás más de lo que tú imaginas. Este anillo era suyo. Me lo dio cuando ya no quedaba otra cosa que pudiéramos llamar nuestra. Si estuviera aquí, y oyera que por falta de unos cuantos miles de reales llevan al hijo de su hijo a filas ahora, me mandaría venderlo sin perder tiempo.

El gesto de Rafaela cambió. Dejó de llorar un momento y miró el anillo con una mezcla de respeto y temor.

—¿Valdrá tanto? —preguntó en voz baja.

—Más que suficiente —respondió Campel—. Lo importante es que alguien lo compre. Y eso, en Sevilla, se consigue. Allí siempre hay quien tenga dinero para pagar por llevar en el dedo la historia de otros.

Se volvió de nuevo hacia Juan.

—Esta tarde, en cuanto refresque un poco, irás a La Carlota y buscarás un arriero que salga mañana al amanecer hacia Sevilla. Le encargas que te lleve. Llegarás a tiempo de ver a un tratante, venderle esto y pagar el sustituto antes de que el alguacil vuelva. Dormirás donde puedas. No es momento de mirar comodidades.

Juan tragó saliva. La idea de salir de la colonia, recién casado, para ir a vender una pieza de tanto valor afectivo no le resultaba fácil.

—No quiero que por mi culpa se quede usted sin nada de su mujer —dijo—. Bastante nos ha ayudado ya.

Campel negó con la cabeza.

—Lo que no quiero —corrigió— es que por culpa de un papel mal escrito pierda yo al único nieto que lleva este apellido en la tierra. Lo demás es metal y recuerdos. Y los recuerdos, mientras yo viva, los guardo aquí —añadió, tocándose la sien—, no en el dedo o en un cofre.

Guardó el anillo un momento en la palma cerrada. Luego, con gesto decidido, se lo alargó a Juan.

—Toma —ordenó—. De aquí no sale nadie preso por falta de dinero mientras yo respire.

Juan cogió la joya con cuidado, como si fuese frágil. La sostuvo un instante, mirándola sin saber qué decir. Rafaela se acercó a su lado y le puso una mano en el brazo, en gesto de apoyo.

Loaisa asistía a la escena en silencio. Comprendió, con claridad, que estaba ante algo que ningún oficio recogería. En un registro se anotaría, con suerte, que un colono había pagado la cantidad necesaria para presentar sustituto. No constaría que el dinero había salido de la venta de un anillo con historia, ni que ese sacrificio se había decidido en un patio, a la sombra de un emparrado.

—Si quiere —se atrevió a decir—, puedo acompañarlo mañana hasta el camino de Sevilla. Conozco algo la ciudad. Puedo indicarle dónde hay plateros de trato más seguro, ya que son socios desde hace años de clientes con los que he tratado en Cádiz.

El anciano lo miró, sorprendido por la oferta.

—No tiene obligación de hacerlo —dijo.

—Lo sé —respondió Loaisa—. Pero si puedo ayudar con algo más que con mirar, prefiero hacerlo. No me retrasará tanto, y siempre aprenderé algo.

Juan asintió, agradecido.

—Acepto —dijo—. No sé tratar con esa gente. Usted, al menos, ha visto más mundo.

La tarde avanzaba. El calor empezaba a ceder. En el patio, el aire se movía un poco más. En un rincón, Rafaela doblaba de nuevo los paños que habían salido del cofre. El arcón quedó cerrado, esta vez con menos peso dentro. Sobre la mesa, el oficio del alguacil seguía abierto, recordando, en unas pocas líneas, el cambio de un sistema que, para los de arriba, era cuestión de decretos, y para los de abajo, de vidas interrumpidas y patrimonio perdido.

6
El capellán mayor

Cuando salió de la casa de los Campel, el sol había empezado ya a caer, pero el calor seguía pegado al suelo. Loaisa dio una paeso por los alrededores para despejarse y, después, caminó despacio hacia la posada. Llevaba en la cabeza el peso de la escena recién vivida: el alguacil, el oficio y el anillo en la mano del anciano. No era asunto suyo y, sin embargo, le costaba apartarlo del pensamiento.

Rosa estaba en la puerta, con un cubo de agua en la mano, regando el suelo de la entrada para asentar el polvo.

—Ya ha visto usted lo que son las alegrías —dijo, sin que él hubiera abierto la boca—. Duran una noche. Luego vienen los papeles.

Loaisa supo que la noticia había corrido deprisa. Tanto que, sin saber cómo, había llegado antes que él mismo, que había sido testigo…

—Ha sido duro —admitió—. No sé cómo van a resolverlo.

—El viejo tiene más recursos de los que parece —respondió ella—. Y más cabeza. No se deje engañar por la muleta.

Entraron en la sala. Bartolomé contaba monedas sobre la mesa. Al ver a Loaisa, levantó la vista.

—He oído lo del oficio para Juan Campel —dijo—. No descansan. Ni el domingo.

—Hoy no es domingo —corrigió Rosa.

—Da igual —replicó él—. Si por ellos fuera, lo sería sólo para cobrar.

Se quedó un momento pensativo y añadió:

—Hablando de curas y de cobrar, esta tarde ha pasado por aquí don Manuel. Preguntaba por usted.

—¿Por mí? —se extrañó Loaisa.

—Mi muger le contó que teníamos en casa a un joven que iba a Madrid a examinarse de escribano —explicó Bartolomé—. Y ya se sabe: al cura le gustan las letras. Dijo que, si se encontraba con fuerzas, se pasara usted por la casa de curato. Que le vendría bien hablar con alguien de fuera.

La invitación pilló a Loaisa en un momento en que él mismo necesitaba ordenar ideas. Un rato de conversación sosegada con alguien que conociera bien la colonia podía ayudarle a entender lo que estaba viendo.

—¿Dónde vive? —preguntó.

—En el pueblo —respondió Rosa—. La Carlota está a poco más de un cuarto legua, donde están esos tejados que se ven en el horizonte. Siga el camino hasta ver las torres de la iglesia a la izquierda. La casa del capellán está pegada al templo. Si sale ahora, llega antes de que anochezca.

Loaisa calculó distancias y fuerzas. No se sentía del todo restablecido, pero el tramo hasta el núcleo de la colonia no era largo. Además, necesitaba moverse. El cuerpo no se le recuperaría sólo con cama.

—Iré —dijo—. Si vengo tarde, no me cierren la puerta.

—Aquí no cerramos mientras haya gente fuera —respondió Rosa—. Vaya con cuidado. El camino es bueno, pero la cabeza todavía la trae caliente.

Tomó la capa, más por costumbre que por necesidad, y salió al camino. El sol, más bajo, dejaba ver mejor el dibujo de las casas alineadas. A medida que avanzaba, las distancias entre una y otra se acortaban. El terreno parecía organizarse en torno a un centro que aún no veía, pero intuía.

La Carlota apareció al cabo de un rato como un conjunto de calles rectas, con casas de dos plantas y fachadas encaladas con detalles en color naranja. No era un pueblo antiguo con trazado irregular, sino algo trazado desde un escritorio: manzanas regulares, plaza central con la iglesia en uno de los lados y dos enormes edificios mirando al camino real: el palacio de la Subdelegación y otro que parecía ser una inmensa posada pero que realmente integraba diferentes servicios (posada y fonda, dos pósitos de diezmos y el pósito de los labradores). Las torres del templo parroquial, a pesar de situarse en una zona más baja del núcleo urbano, se alzaban sobre las demás construcciones.

El camino real cruzaba por el centro, señalando la calle más ancha, en la que había una hermosa alameda con varios poyos de piedra donde algunas personas estaban sentadas disfrutando del fresco de la tarde mientras charlaban. En la plaza de la iglesia, algunos hombres hablaban a la sombra de los árboles; una mujer barría la puerta de su casa; y unos niños jugaban con una pelota de trapo.

Loaisa preguntó a uno de los hombres por la casa del capellán mayor. Este señaló con la barbilla un edificio adosado a la iglesia, con puerta propia y dos ventanas con reja.

—Ahí vive don Manuel —dijo—. Si no está en la iglesia, estará en su mesa.

Loaisa se acercó y llamó suavemente. No tardaron en responder. La puerta se abrió y apareció un hombre de unos cincuenta años, algo más alto que la media, delgado, con el rostro afilado y los ojos claros. Llevaba sotana negra, sin más adorno que un pequeño crucifijo en el pecho. El pelo, entrecano, se le peinaba hacia atrás.

—¿Don Manuel Vázquez? —preguntó Loaisa.

—El mismo —respondió el sacerdote—. Usted debe de ser el señor de Cádiz del que me ha hablado la mujer de Bartolomé.

—Soy Juan de Loaisa —se presentó—. De Madrid, en realidad, pero criado en Cádiz.

Don Manuel hizo un gesto invitándole a entrar.

—Pase, por favor. Afuera todavía hace calor para hablar mucho rato.

El interior de la casa era sencillo. Una sala pequeña hacía las veces de despacho y comedor. En una pared, un aparador con unos pocos libros y algunos papeles apilados; en otra, una mesa rectangular con dos sillas. Sobre la mesa, una pluma, un tintero y un par de cuartillas a medio escribir.

—Siéntese —dijo el capellán—. ¿Vino andando desde la posada de Bartolomé?

—Sí. El camino es llevadero.

—Para quien está sano, sí. Pero doña Rosa me dijo que lo traían con fiebre. No conviene abusar.

Hablaba con tono pausado, sin afectación clerical, aunque el castellano era cuidado. Se notaba costumbre de leer y de escribir.

—Me encuentro mejor que ayer —respondió Loaisa—. Y no quería abusar de su tiempo.

—El tiempo, cuando se comparte, no se abusa de él —replicó don Manuel—. Además, para un cura en una colonia como esta, hablar con alguien de fuera es casi una recreación. No crea que es algo frecuente a pesar de lo transitado que está el camino real.

Sonrió con discreción. Después entrelazó las manos sobre la mesa.

—Cuénteme —pidió—. ¿Qué lo lleva a Madrid?

Loaisa repitió, con más detalle que en otras ocasiones, su historia: el origen madrileño, la orfandad, la ida a Cádiz con los tíos, la vida entre la tienda y el muelle, el descubrimiento del gusto por los papeles y la decisión de estudiar lo necesario para presentarse a alguna oposición para una plaza de escribano.

Don Manuel escuchaba sin interrumpir, con la atención de quien está acostumbrado a oír confesiones de otro tipo, pero agradece variar de materia. De vez en cuando asentía, como marcando algún punto.

—Es buen oficio —dijo, cuando Loaisa terminó—. No se lo digo por adularlo. Se lo digo porque lo he visto. En colonias como esta, mucho de lo que somos —o fuimos— está escrito en protocolos, autos y oficios. Lo que no se escribe, se pierde. Lo que se escribe mal, se deforma. Por eso es importante quién sostiene la pluma.

—En eso pensaba yo —admitió Loaisa—. Ayer, sin ir más lejos, vi lo que puede hacer un oficio de pocas líneas. El que trajo el alguacil a casa de los Campel.

Don Manuel apretó un poco los labios. Era evidente que sabía de qué hablaba.

—Sí —confirmó—. El aviso ha corrido rápido, aunque curiosamente cuando ya hay poco que hacer. Las quintas no entienden de bodas. Tampoco de fueros. Esa es la cuestión.

Se levantó, fue al aparador y tomó de él un legajo atado con una cinta. Lo dejó sobre la mesa, sin abrirlo.

—Aquí —explicó— he ido guardando copias y extractos de las disposiciones que han afectado a estas colonias desde que yo llegué y otras anteriores. Nombramientos de intendentes y subdelegados, órdenes sobre diezmos, correspondencia sobre los colonos con las autoridades, y, últimamente, los papeles de la extinción del Fuero. Si uno los lee de seguido, parece que el mundo se arregla con tinta; luego mira uno a las familias y ve otra cosa.

Loaisa se inclinó un poco hacia el legajo, con curiosidad.

—¿Cuánto tiempo lleva aquí? —preguntó.

—Más de diez años como capellán mayor —respondió don Manuel—. He visto pasar malos inviernos, buenas cosechas, discusiones sobre lindes, bodas como la de ayer y entierros más de los que quisiera. También he visto cómo el Fuero que daba a los colonos ciertas particularidades se ha ido deshaciendo en papeles que llegaban de Madrid primero y de Córdoba después.

Se tomó un momento antes de seguir.

—Cuando se fundaron estas colonias —prosiguió—, todo estaba muy detallado: qué tierras se daban, qué impuestos se pagaban, qué se perdonaba o qué se exigía. Entre lo que se perdonaba estaban algunas cargas importantes. Por ejemplo, los colonos tenían ciertas exenciones en materia de quintas, y una administración propia que dependía directamente de la Corona, no de los pueblos vecinos. Eso tenía sus ventajas y sus inconvenientes, pero al menos era un sistema claro.

—Y ahora… —sugirió Loaisa.

—Y ahora —continuó don Manuel—, desde hace años, se ha ido diciendo que somos un gasto. Que mantener intendente, jueces y personal propio de las colonias es caro. Que el Fuero es un privilegio desigual frente a otros pueblos. Cuando llegaron las malas cosechas, a principios de los años treinta, y las arcas se vaciaron, los primeros en notar la tijera fuimos los eclesiásticos.

Hizo una mueca que mezclaba ironía y cansancio.

—Durante varios años —explicó—, los sueldos del clero en las colonias se suspendieron. No todos teníamos la misma situación. Yo heredé algo de mis padres, una pequeña renta en Córdoba que me ha permitido sostenerme sin pasar hambre. Pero otros compañeros no tenían nada. Vivían sólo de la asignación. Esos vieron cómo su hacienda, la poca que poseían, se iba consumiendo para mantener la decencia del ministerio: ropa limpia, libros y una casa donde atender a la gente. Se vendieron muebles y parcelas pequeñas, hasta que algunos quedaron casi en la ruina.

—¿Y nadie protestó? —preguntó Loaisa.

—Claro que hubo quejas —respondió—. Pero ¿ante quién? El intendente decía que él también tenía órdenes de ahorrar, y no movió un dedo para enviar dinero desde Sierra Morena, aunque fuera como un préstamo, a estas colonias de Andalucía. Mientras tanto, aquí la realidad era sencilla: misas que celebrar, enfermos que visitar y colonos que seguían trabajando la tierra sin saber muy bien en qué estado estaban sus privilegios. Y nosotros, los curas, tratando de hacer nuestro oficio sin saber si al mes siguiente habría salario o no.

Calló unos segundos. El tono no era el de quien busca compasión, sino el de quien expone un hecho para que se entienda.

—Este año —añadió— llegó el decreto que suprime en la práctica la organización foral. Las colonias se incorporan al régimen común. Las quintas llegan sin distinción. Lo que usted ha visto en casa de los Campel es un ejemplo. Antes, el nieto de un colono fundador no habría entrado en sorteo. Ahora entra como cualquier otro mozo.

Loaisa pensó en el anillo, en la cifra pronunciada por el alguacil, en el viaje apresurado a Sevilla.

—Pagan ahora —dijo, arrepintiéndose mientras lo decía por su imprudencia— con un anillo que venía de muy lejos.

Don Manuel lo miró con atención.

—¿Se lo ha contado el anciano? —preguntó.

—No toda la historia —aclaró Loaisa—. Pero sé que ese anillo no es una alhaja cualquiera.

—No lo es —confirmó el capellán—. Y no me extraña que lo empleen en eso. Campel es hombre de pocas palabras, pero de decisiones claras. Entre un recuerdo guardado, que su mujer se encontró un día, siendo muy joven, mientras paseaba en un golpe de suerte, y un nieto camino de presidio, era fácil prever lo que haría.

Abrió por fin el legajo y mostró una hoja.

—Mire —dijo—. Esta es copia de una de las instrucciones primeras. Aquí se habla de los colonos como de «familias laboriosas a las que se sostiene con privilegios para asegurar la prosperidad de la tierra». Más adelante, en otra orden, ya no se habla de «sostener», sino de «revisar». Y en la última, sólo se usa la palabra «regularizar». Las palabras cambian. El sentido, también.

Loaisa leyó por encima, sin detenerse en todos los detalles. Se fijó en los encabezamientos, en las fórmulas. Eran textos familiares en su estructura, escritos por manos que conocían el oficio. Pero detrás de cada giro de frase veía ahora una consecuencia concreta en el patio de una casa.

—Usted está molesto con quienes han gobernado estos últimos años —dijo, con cautela.

Don Manuel no lo negó.

—Más que molesto, decepcionado —respondió—. Uno entiende que las leyes cambian y que los privilegios no son eternos. Lo que cuesta más aceptar es la manera en que se ha hecho. Mientras hubo buenas cosechas y el rey miraba con simpatía estas colonias, se prometían cosas con alegría. Ahora que las cajas están vacías, se habla de sacrificios, pero casi siempre son los mismos los que sacrifican. Cuando dejaron de pagarnos, nos dijeron que era temporal. Lo temporal se volvió costumbre. Y los que tomaron esas decisiones no han pasado frío por ello. Como aves de rapiña han procurado adjudicarse las mejores tierras haciéndose pasar por colonos u hortelanos, por lo que si no entraba salario, sí entraban otro tipo de ingresos.

Se recostó un poco en la silla.

—Yo me he salvado —añadió— porque tenía la renta de mis padres. Eso no lo puedo olvidar. Pero he visto a compañeros vender hasta la cama donde dormían. Y no creo que quienes firmaron los decretos hayan perdido un mantel por su causa.

Loaisa asintió. Comprendía bien esa mezcla de indignación serena y resignación práctica.

—Con todo —continuó el capellán—, sigo queriendo a esta colonia. He bautizado a muchos de los que ahora bailan en las bodas. He enterrado a los que plantaron los primeros olivos. Me duele verla tratada como un renglón en una lista de gastos. Por eso me interesa hablar con alguien que entiende de papel. Tal vez, cuando llegue a Madrid, usted pueda ver estos asuntos con otros ojos.

—No sé qué lugar tendré en Madrid —respondió Loaisa—. Ni siquiera sé si aprobaré el examen. Pero entiendo lo que me dice. Y sé que, si algún día tengo un protocolo delante con cosas de estas colonias, recordaré lo que he visto aquí.

Don Manuel sonrió, quizá por primera vez con un gesto más cálido.

—No es poco —dijo—. A veces, que alguien recuerde es lo único que podemos pedir.

La luz de la ventana había cambiado. El sol empezaba a caer detrás de las casas de la plaza. El sacerdote se levantó y se acercó al aparador.

—No quiero retenerlo más —añadió—. El camino de vuelta todavía le llevará un rato, y no conviene que la noche lo coja en medio del llano. Si se queda mañana, pase por la iglesia. Verá la gente de aquí en misa. Los rostros dicen tanto como los papeles.

Loaisa se levantó también.

—Le agradezco el tiempo y las explicaciones —dijo—. Me han servido para entender mejor lo que estaba viendo sin comprenderlo del todo.

Se despidieron con un apretón de manos. El gesto de don Manuel fue firme, sin exceso de solemnidad. Lo acompañó hasta la puerta y, antes de dejarlo salir, añadió:

—Y cuide esa fiebre. No permita que la ambición de examinarse le cueste la salud. Madrid no se moverá. La vida, sí.

El camino de vuelta a la posada se hizo más corto de lo que esperaba. Quizá porque la cabeza iba ocupada repasando nombres, fechas y disposiciones, encajándolos con el patio de los Campel, la posada de Rosa y Bartolomé y la figura del anillo guardado y ofrecido. Cuando llegó, la luz del día empezaba a ceder y el olor a cena llenaba la sala.

Rosa lo recibió con una mirada rápida que bastó para comprobar que no traía peor cara que al salir. Bartolomé, desde la mesa, hizo un gesto de saludo.

—¿Qué le ha parecido nuestro capellán? —preguntó.

—Hombre claro —respondió Loaisa—. Y con buena memoria.

Rosa sonrió.

—Eso tiene —dijo—. Y que ha pasado más hambre de la que cuenta.

Era una frase sencilla, pero completaba lo que el propio don Manuel sólo había insinuado.

7
Paseos por la colonia

A la mañana siguiente, Loaisa se despertó más descansado. La fiebre no había desaparecido del todo, pero ya no le pesaba en la cabeza. Bajó a la sala de la posada, tomó pan con leche en silencio y, cuando el sol estuvo algo más alto, decidió dedicar el día a conocer con calma la colonia.

—Vaya sin prisa —le dijo Rosa—. Aquí los caminos son rectos. Si se pierde, busque siempre las torres de la iglesia en el horizonte.

Salió al camino real. El aire de la mañana era seco, pero soportable. Se dirigió primero hacia La Carlota, siguiendo la misma ruta del día anterior. El núcleo del pueblo, visto ahora con luz plena, confirmaba la impresión de trazado regular: calles que se cruzaban casi en ángulo recto, casas de dos plantas con fachada encalada y puerta centrada, algunas con dos ventanas a los lados y otra sobre la puerta.

La plaza principal no era grande, pero tenía proporciones claras. A un lado se alzaba la iglesia, con sus dos torres emergiendo de un pórtico con tres arcos que dejaba ver una portada muy sencilla. Frente a ella, el edificio de la cárcel, sin excesos decorativos. En los otros lados, casas de vecinos y algún pequeño comercio. Mientras paseaba tomó una de las calles laterales de la iglesia y siguió avanzando mientras el terreno descendía hasta una fuente con forma octogonal. Allí, un grupo de mujeres conversaba mientras lavaban algunas prendas en los lavaderos. El agua caía de un caño de hierro a un enorme pilón de ladrillo enfoscado. Tenían los brazos descubiertos hasta el codo, las faldas remangadas para no mancharlas, y llevaban delantal oscuro sobre la ropa de diario. Hablaban de cosechas, de hijos y de precios. Los hombres que pasaban por allí lo hacían con paso rápido, camino de los campos o de algún encargo.

Nada en el conjunto recordaba a los pueblos antiguos de calles estrechas y casas apiñadas. Aquí se veía la mano de quien había trazado un plano antes de plantar la primera piedra. Las fachadas eran similares; no había palacios ni casonas señoriales que destacasen sobre las demás salvo los edificios públicos, como el palacio de la Subdelegación. La sensación general era de orden y de cierta igualdad exterior.

Siguió andando por una de las calles laterales, paralela al camino real. Las casas se repetían con pequeñas variaciones: alguna tenía un portal más ancho, otra un banco de obra a la entrada, otra había pintado de azul el zócalo. Detrás de algunas puertas abiertas se adivinaba un patio interior con parras, tinajas y aperos de labranza. En un rincón, una mujer extendía ropa blanca sobre cuerdas tendidas, sujetándola con pinzas de madera; en otro, un hombre remendaba una jáquima sentado en un taburete.

Escuchó con atención el habla de los vecinos. La mayoría tenían un castellano claro, con giros propios de la zona andaluza, pero de vez en cuando se colaba alguna palabra extraña, pronunciada con naturalidad. Un muchacho llamó a otro «Hans» a voces desde una esquina; una mujer, al reprender a un niño, dejó escapar una expresión que sonaba a alemán deformado. Eran restos discretos de otro origen, incorporados ya a la vida diaria.

Recordó lo que había oído de boca del capellán mayor sobre la historia fundacional de la colonia: familias venidas «de los círculos más interiores de Alemania y de los viñedos del Rin». Lo que en los papeles sonaba grandilocuente, allí se traducía en apellidos en las puertas y en pequeñas costumbres parciales: una manera distinta de hacer pan en algunas casas, una cruz de madera con forma algo diferente junto a otra más usual o una canción de cuna tarareada en un idioma que no era el de la plaza.

Desde la última calle, la colonia se abría de nuevo a la llanura. Loaisa dejó atrás el trazado regular y tomó un camino de tierra que, descendiendo, se alejaba del núcleo hacia el este. Desde allí pudo ver la continuidad entre el pueblo y las casas de colono repartidas a trechos a lo largo del camino real. Cada vivienda tenía su pequeña pieza de huerto, cercada con estacas o murete bajo, y un trozo de tierra de labor más allá, con olivos plantados en línea y algunas siembras de cereal.

Se acercó a una de esas casas. En la puerta, una mujer joven ordeñaba una cabra. A su alrededor correteaban dos niños descalzos. Al verlo, la mujer interrumpió un momento su tarea.

—Buenos días —saludó él, con cortesía.

—Buenos días, señor —respondió ella, sin dejar de sostener el cubo—. ¿Se ha perdido?

—No. Me hospedo cerca del pueblo y he salido a caminar — explicó—. Quería ver cómo se extienden las casas fuera del pueblo.

La mujer sonrió apenas.

—Aquí estamos a la orilla del camino —dijo—. Cada uno con su suerte de tierra. Los que viven en la plaza tienen sus obligaciones; los de fuera, otras. Pero todos somos de la colonia.

Se volvió de nuevo a la cabra, dando por terminada la conversación. No había en su gesto rudeza, sino una economía de palabras propia de quien tiene el tiempo ocupado.

Loaisa prosiguió. En otra casa, un hombre cavaba en el huerto, preparando el terreno para una siembra tardía. La tierra, removida, mostraba un color más oscuro bajo la capa superficial en la que aún podían verse bastantes piedras. Un poco más allá, un viejo sujetaba una escalera mientras otro, más joven, podaba algunos chupones de un melocotonero. Los movimientos eran precisos; se notaba que sabían qué cortar y qué dejar.

Todo en el paisaje reflejaba trabajo constante: cercas bien reparadas, surcos rectos en los huertos y árboles cuidados. No se veían grandes propiedades ni campos abandonados, a un lado y al otro del camino se veían los rastrojos que habían quedado tras la cosecha de cereal, muy mermados por haber sido consumidos por animales domésticos. Tampoco había signos de lujo. Nadie parecía tener más de lo necesario, pero nadie daba la impresión de estar completamente desamparado.

Al ver la considerable cuesta que tendría que subir para regresar al pueblo, decidió volver poco a poco hacia su posada. Cuando ya estaba cerca, no dudó en pasar de nuevo cerca de la casa de los Campel. El patio estaba abierto. Juan no estaba; debió de haber salido ya hacia La Carlota para preparar el viaje a Sevilla. Rafaela desgranaba mazorcas de la cosecha anterior en un barreño, ya que en unas semanas habría que dejar sitio para el nuevo; el anciano, en su silla habitual, observaba la tarea.

—Buenos días otra vez —saludó Loaisa desde la entrada.

—Buenos días, señor Loaisa —respondió el viejo—. ¿Ha visto algo de nuestra organización?

—He dado una vuelta por el pueblo —contestó él—. Se nota que no es un lugar nacido al azar.

Campel asintió.

—Cuando llegamos —explicó—, todo estaba marcado: dónde iría la iglesia, dónde las casas o cómo se repartirían las suertes de tierra. No ha sido obra nuestra el plano, pero sí el llenar de trabajo cada hueco. Las casas del camino que ha visto son parte de la misma idea: que nadie tuviera que caminar una legua entera sin ver una chimenea, ni tuviera lejos sus huertos y sus campos de cultivo. Mi padre decía: «*Wer sein Feld nicht hütet, dessen*

Ernte holt der Nachbar»[1], que viene a ser casi lo mismo que dicen los españoles: «Quien guarda en el campo, guarda para otros»; sobre todo si no lo tienes cerca para vigilarlo.

Hablaba sin orgullo excesivo, pero con la seguridad de quien conoce el valor de lo que ha costado mucho sacar adelante.

—¿Y se sienten distintos de los pueblos vecinos? —preguntó Loaisa.

El anciano esbozó una sonrisa y se tomó un momento antes de responder.

—Nos sentimos responsables de una cosa que no existía antes —dijo—. Eso nos hace distintos. Al igual que yo, otros muchos vinimos a un sitio que era solo un nombre en un papel. Lo que hay ahora lo levantamos nosotros, nuestros hijos y nuestros nietos. No tenemos señor o noble que nos mande, salvo el rey. Aquí la tierra se reparte de otra manera. Y eso, aunque el Fuero se haya ido, no se olvida de un día para otro.

Loaisa pensó en los pueblos que había visto en otras partes: calles curvas que seguían caminos antiguos, grandes cortijos en manos de unos pocos señores y parcelas que apenas daban para sobrevivir cultivadas por campesinos que soñaban con mejorar su situación. Aquí, la propiedad parecía más concentrada en las manos de quienes la trabajaban. No había grandes casonas ni escudos en las fachadas más allá del escudo real en los edificios públicos; tampoco clérigos ricos. Las únicas construcciones que rompían la uniformidad exterior eran la manzana donde estaba la Real Posada y Fonda, el Palacio de la Subdelegación y la iglesia, y aún estas no eran muy ostentosas.

—Se nota en la gente —comentó—. Se ve menos diferencia entre unos y otros.

Campel hizo un ligero gesto con la cabeza.

---

[1] «Quien no vigila su campo, ve cómo el vecino se lleva la cosecha».

—En apariencia, sí. Luego cada casa tiene sus penas —añadió—. Pero eso no se cuenta en la plaza.

Rafaela, que escuchaba mientras seguía con su faena, intervino por primera vez.

—Lo que se ve —dijo— son brazos igual de cansados al anochecer. Eso sí es igual en todas partes.

La frase, sencilla, resumía bien la impresión de Loaisa: un conjunto de familias que, con matices, compartían condiciones similares de trabajo y de vida. Le resultaba fácil imaginar un protocolo donde, al enumerar los bienes de un vecino, se viera una lista parecida a la del siguiente.

Pasó un rato más en el patio, sin entrar en asuntos delicados. Se habló de los cambios de precios en el trigo y de las lluvias del año anterior. El anciano regresó a recuerdos de los primeros años de la colonia: la falta de árboles que no fueran encinas al principio, los intentos de distintas siembras y las dificultades para acostumbrarse al clima. Demasiados murieron en ese proceso...

Cuando el sol comenzó a caer, Loaisa se despidió con la promesa de volver en otro momento. Retomó el camino hacia la posada. En su cabeza, las imágenes del trazado rectilíneo de La Carlota, de las casas alineadas a lo largo del camino real y de las palabras de Campel se ordenaban como piezas de un mismo cuadro. No había leído todavía un solo documento oficial sobre la colonia más allá de los que le había mostrado don Manuel, pero la observación directa le había dado ya datos que ningún decreto podía recoger con precisión.

Aquella tarde no hubo sobresaltos. La vida en la posada siguió su ritmo. Entró un arriero tardío en busca de cama; Rosa amasó pan para el día siguiente; Bartolomé contó una y otra vez las monedas de una bolsa pequeña. A pesar de las noticias que llegaban de la guerra en las provincias del norte, la colonia, en conjunto, ofrecía la imagen de una comunidad que, pese a las tensiones recientes, mantenía una organización estable y una disciplina de trabajo que llamaban la atención de un forastero acostumbrado a otros paisajes.

Esa sensación de «pueblo distinto», nacida de la conjunción de un plan de arriba y del esfuerzo de abajo, fue la que Loaisa retuvo con más claridad al cerrar los ojos esa noche.

8
La joven de la posada

Al amanecer del día siguiente, el camino real oyó de nuevo cascos de caballo y crujir de ruedas. Juan Campel salió hacia Sevilla con un arriero que había encontrado en La Carlota. Al final, y pese a su ofrecimiento, Loaisa no lo acompañó. El propio anciano, con una mezcla de gratitud y prudencia, le pidió que no arriesgara su viaje a Madrid ni su salud en un trayecto tan largo.

—Bastante hace usted con preocuparse —le dijo—. El camino a Sevilla lo conocemos nosotros y será suficiente con las referencias que nos ha dado de joyeros que son de fiar. Vaya guardando fuerzas para sus papeles.

Con Juan fuera y el viejo pendiente de noticias, los días que siguieron tuvieron un ritmo un poco distinto. En la casa de los Campel se trabajaba con la misma disciplina de siempre, pero cualquier ruido en el camino hacía levantar la cabeza a Rafaela. En la posada, las conversaciones de mesa volvían una y otra vez al tema del anillo y de los cinco mil reales del sustituto.

En medio de ese ambiente, Loaisa empezó a fijarse más en la vida interna de la posada. No sólo en Rosa y Bartolomé, que mandaban en la casa, sino en la figura más discreta que iba y venía sin ruido: Ana, la muchacha rubia. La veía desde temprano. Mientras terminaba el desayuno en la mesa larga, ella pasaba del zaguán al corral con un cubo de agua, o salía al patio con una sábana enrollada en los brazos. Trabajaba con movimientos seguros, sin torpeza. El vestido sencillo, el delantal siempre limpio y la trenza recogida le daban un aspecto ordenado. No hacía gestos de cansancio, pero era evidente que el día empezaba pronto para ella.

Una mañana, Rosa le pidió a Loaisa que se apartara un momento de la ventana.

—Voy a baldear el suelo, niño —explicó—. No quiero mojarle los zapatos.

Ana apareció detrás, con el cubo lleno. Al cruzar junto a él, Loaisa la saludó.

—Buenos días.

—Buenos días, señor —respondió ella, sin detenerse.

La voz era clara, sin timidez exagerada. Había en el tratamiento un respeto aprendido, pero no servil.

Mientras Rosa echaba el agua y extendía el fregado con la escoba, la conversación derivó hacia la muchacha.

—Trabaja bien —comentó Loaisa, más por romper el silencio que por otra cosa.

—Y sin quejarse —añadió Rosa—. La trajeron siendo casi una niña. Sus padres son colonos en la Petite Carlota. De origen alemán por parte de la madre. Por eso los ojos —aclaró, haciendo un gesto con la cabeza hacia Ana.

Esta, ajena a la charla, doblaba unos paños en el patio. Se oía, a ratos, la voz de otra mujer desde la puerta del corral: la madre de Ana, que había venido a recoger unas sobras de pan para llevarlas a casa. Hablaban deprisa, en voz baja. No hacía falta entender las palabras para notar, en el movimiento de las manos de una y otra, la cuenta que iban echando: lo ganado en la posada, lo que se quedaba allí y lo que volvía con Ana a la Petite Carlota.

—¿Vive aquí? —preguntó Loaisa.

—No del todo —respondió Rosa—. Duerme algunos días en casa de los suyos y otros aquí, cuando hay más trabajo. Come con nosotros. Lo que gana lo llevan a casa. Las cosas están como

71

están; unas casas pueden permitirse pagar más y otras, menos. Aquí hacemos lo que podemos. El padre anda flojo de salud desde hace un invierno, y ella es la mayor ahora que sus hermanos marcharon de la colonia. Dice que mientras tenga fuerzas y vista para el lavado, no faltará un plato en su mesa.

No había en sus palabras compasión aparente, sino una explicación simple de la economía de la zona. Rosa añadió, ya más para sí que para él:

—Y no es tonta. Si el día de mañana se casa bien o entra a servir en una casa de la ciudad, será porque ha sabido espabilar aquí primero.

Su viaje se estaba retrasando, pero lo compensaba con largas jornadas de estudio. El día que decidió tomarse un descanso más largo al mediodía, Loaisa se quedó solo en la sala mientras Bartolomé iba al corral y Rosa se ocupaba de la cocina. La puerta del zaguán estaba entornada. El calor se filtraba, pero el interior seguía siendo más fresco que el camino.

Ana entró con una cesta de ropa limpia. La dejó sobre una silla y empezó a separar piezas.

—¿Va a salir hoy, señor? —preguntó, sin dejar de doblar.

La pregunta lo sorprendió. Hasta ese momento, ella se había limitado a responderle.

—No lo sé —dijo—. He pensado en descansar un poco.

—Se ha hablado de usted en la fuente —comentó ella, con naturalidad—. Dicen que es de Madrid y que va a examinarse.

—Ya ve —respondió él—. A veces las noticias corren más deprisa que las personas.

Ana sonrió levemente.

—Aquí siempre se sabe quién pasa por la posada —dijo—. Si viene gente, es porque trae algo o porque se lleva algo. Y eso interesa. Las mujeres de la fuente dicen que yo tengo suerte por ver pasar el mundo sin salir de casa; ellas, en cambio, sólo oyen los cascos desde lejos.

Lo dijo sin malicia. Para ella, la presencia de un forastero era un dato más en la vida de la colonia.

—¿Ha estado alguna vez fuera de aquí? —preguntó Loaisa.

—Fui una vez a Écija con mi tío al mercado —contestó—. La ciudad me mareó. Muchas calles, muchos gritos y demasiada gente. Prefiero verlos pasar por el camino y que luego se vayan. Mi madre dice que no me vendría mal aprender a moverme entre tanto ruido, por si un día tengo que poner mi nombre en algún papel. Pero de momento, con saber llegar a la fuente y al mercado, me basta.

Siguió doblando la ropa. Sus manos se movían con rapidez. Él notó que, mientras hablaban, no dejaba de hacer lo que tenía entre manos.

En otra ocasión, por la tarde, Loaisa subía la escalera hacia su cuarto cuando escuchó ruido en el pasillo. Al girar, se encontró con Ana que salía de una de las habitaciones con una escoba y un trapo. Se apartaron apenas para dejar espacio.

—¿Está mejor de la fiebre? —preguntó ella.

—Sí —respondió él—. Ya casi no se nota.

—Se le nota en la cara —dijo—. El día que llegó parecía que venía de muy lejos, aunque La Parrilla esté ahí mismo.

Era una observación directa, sin adornos. Él la aceptó con una media sonrisa.

—Venía más cansado de lo que pensaba —admitió—. El camino engaña.

Ana asintió.

—Aquí la mayoría no sale de la legua —explicó—. A los que vienen de más lejos se les ve en los ojos. Traen otra forma de mirar. Luego, al cabo de unos días, se van y no sabemos si les fue bien o mal. Nosotros seguimos con lo nuestro.

No prolongó la frase. Recogió la escoba, se hizo a un lado para dejarlo pasar y se dirigió a la escalera.

En la posada, los días se hacían más largos por la espera de noticias de Sevilla. Bartolomé, que conocía el camino y los tiempos de los arrieros, calculaba en voz alta.

—Si todo va bien —decía—, a estas horas ya habrán llegado. Mañana o pasado tendremos recado.

Rosa asentía, pero no daba por seguro nada hasta no ver a Juan o a alguien de confianza en la puerta.

En ese ambiente de espera, la presencia de Ana era una constante discreta. Loaisa la veía en tareas distintas según la hora: por la mañana, cargando cubos o barriendo; al mediodía, ayudando a servir las comidas; por la tarde, en la pila de lavar, con las manos en el agua; al anochecer, recogiendo bancos y cerrando postigos. A veces, cuando creía que nadie la oía, tarareaba algún canto aprendido en casa; otras, reñía en broma a un chiquillo que se colaba en la cocina a pedir pan. No era sólo una criada silenciosa: tenía un modo propio de mandar y obedecer, distinto del de Rosa, más joven, más contenido.

Entre paso y paso, los encuentros se hacían más frecuentes. No eran conversaciones largas, pero sí suficientes para que ambos fuesen reconociendo al otro como algo más que una figura borrosa en la casa.

Una tarde, cuando el calor empezaba a aflojar, Loaisa se sentó un momento en el escalón de la entrada, mirando el camino. El polvo se levantaba apenas al paso de algún carro. El aire traía el olor de la tierra y de la hierba seca.

Ana salió del zaguán con un paño en la mano. Se detuvo un instante en el umbral.

—¿Mira si viene alguien? —preguntó.

—Supongo que sí —respondió él—. Aunque no sabría decir a quién espero.

—Doña Rosa espera a Juan —aclaró Ana—. Usted, tal vez, espera estar ya en Madrid.

La frase, sencilla, le pareció certera.

—De momento, espero no tener fiebre esta noche —dijo—. Lo demás vendrá cuando pueda.

Ana miró un punto del camino, como si en la distancia pudiera adivinar el regreso de alguien.

—Verá usted, mi madre dice que lo peor no es esperar —comentó—. Es no saber qué se espera al final. Ellos aguardan la carta de un hermano que se fue a América; yo, a veces, no sé si espero seguir aquí o que me toque otra casa. Pero el día no se detiene por eso.

Se calló de inmediato, quizá consciente de que había dicho más de lo acostumbrado. Se apartó del escalón y se puso a limpiar el marco de la puerta con el paño.

Loaisa, acostumbrado a escuchar y a medir las palabras, fue recogiendo esos detalles sin comentarlos. No se trataba de grandes confidencias, pero sí de pequeñas señales de carácter: una muchacha que trabajaba mucho, que conocía bien el movimiento de la casa y del camino y que no tenía costumbre de tratar con forasteros pero no se acobardaba ante ellos.

Con el paso de los días, la familiaridad se hizo más natural. El «señor» se mantuvo siempre, pero el tono ganó en soltura. Loaisa dejó de ser «el huésped de Cádiz» para convertirse, en boca de Rosa y de Ana, en «el señor Loaisa». En una casa de camino, ese cambio de forma indicaba un grado de aceptación.

Cuando, pasado casi un semana, un arriero anunció al pasar por la puerta de la posada que había visto a Juan en Sevilla y que todo parecía ir bien, el ambiente se alivió. Rosa sonrió por primera vez en días sin la tensión de la preocupación. Ana, al oír la noticia, dejó escapar un suspiro breve y se volvió de inmediato al barreño de ropa.

—Si vuelve contento —alcanzó a decirle a Rosa—, quizá compre este año un cerdo más. ¡Ojalá...!

—Y tú tendrás más ropa que lavar— respondió la mujer, medio en serio, medio en broma—.

Ana se encogió de hombros y siguió restregando, pero sus ojos tenían un brillo satisfecho. En esos días de espera y de pequeñas noticias, el trato entre Loaisa y la muchacha rubia avanzó despacio, hecho de frases cortas, miradas sostenidas un segundo más de lo estrictamente necesario y silencios que ninguno de los dos se apresuraba a romper.

9
La habitación del piso alto

Aquella tarde el calor apretó más de lo habitual. El aire parecía quedarse detenido sobre los olivares y el polvo del camino se pegaba a la piel. Loaisa había salido un rato hacia La Carlota, más por necesidad de movimiento que por ganas de andar, pero regresó pronto a la posada. Notaba el cuerpo cansado, aunque ya sin rastro fuerte de fiebre.

Rosa estaba en la cocina, removiendo una olla. Bartolomé hablaba con un trajinante a la sombra de la morera que había frente al pozo, tratando de cerrar el precio de unas sacas de grano. La casa bullía en lo suyo. A esas horas, nadie necesitaba nada de él.

—Voy a subir un rato —dijo Loaisa, señalando la escalera—. Me tumbaré antes de la cena.

—Haga lo que quiera —respondió Rosa, sin dejar la cuchara—. Si luego no baja, le subo yo algo para que no se acueste con la barriga vacía.

Subió los peldaños despacio, con la costumbre ya tomada de apartarse un poco del barandal que crujía. El pasillo del piso alto estaba en penumbra. Una rendija de luz se colaba por la ventana del fondo. La puerta de su cuarto, como siempre, quedaba a la derecha.

Empujó el picaporte sin pensar. La hoja cedió. Dentro, había alguien junto a la cama. Era Ana. Llevaba el delantal atado, la falda recogida ligeramente por un lado para no mancharla. Sobre la silla, apiladas, había sábanas dobladas. En la mano tenía un paño con el que había estado sacudiendo el polvo de la cómoda. Al oír la puerta, se giró con un gesto brusco. La sorpresa fue mutua. Durante un instante, ninguno de los dos habló.

—Perdón —dijo ella primero, soltando el paño—. Pensé que no iba a subir todavía. La señora Rosa me dijo que aprovechara ahora para arreglar el cuarto.

Loaisa se quedó en el marco, sin terminar de entrar.

—La culpa es mía —respondió—. No avisé.

El silencio que siguió no fue incómodo al principio. Parecía más bien ese momento en que cada uno se recoloca. Ana apartó la mirada un segundo, respiró hondo y añadió:

—Ya casi termino. Si quiere, salgo y vuelvo luego.

—No hace falta —dijo él—. Puede seguir. Me siento un momento y no estorbo.

Dio unos pasos hacia dentro y dejó la capa sobre el respaldo de la silla. El cuarto, con la ventana entreabierta, tenía un aire más fresco que el pasillo. La cama estaba descubierta, con el colchón a la vista. Ana había doblado la sábana usada y la había puesto en la cesta. Sobre la cómoda, los pocos objetos de Loaisa se alineaban de manera más ordenada de lo que él solía hacerlo.

Ella recogió de nuevo el paño y terminó de pasar la mano por la tabla. Movía las muñecas con seguridad, como quien ha repetido la misma acción cientos de veces. Loaisa, sentado en el borde de la cama, la observaba de perfil. La luz de la ventana le daba en el cabello, resaltando el rubio casi blanco de algunos mechones. La trenza caía recta por la espalda, sujeta con una cinta simple. Era el mismo gesto aplicado y sereno que había visto abajo al lavar y fregar, pero allí, en el cuarto en silencio, se advertía también otra cosa: la costumbre de entrar en habitaciones ajenas, de ordenar la vida de otros y marcharse sin dejar rastro propio.

—No sabía que también subiera usted a las habitaciones —comentó él, más por decir algo que por curiosidad.

—Doña Rosa no da abasto —respondió Ana, sin volverse—. Cuando hay huésped, subo yo. No siempre se nota. La mayoría no se fija.

Lo dijo sin reproche. Era un dato más de su trabajo.

—Yo sí me he fijado —replicó Loaisa—. En estos días, en muchas cosas.

Ella dejó el paño sobre la cómoda, se volvió un poco y lo miró.

—¿En qué cosas?

—En cómo se organiza la colonia —contestó—. En las casas del camino. En el patio de los Campel. En gente como usted, que sostiene la casa de otros sin hacer ruido.

Ana sostuvo la mirada un instante. No era una mirada desafiante, pero tampoco esquiva.

—A mí me sostienen también —dijo—. Lo que gano aquí va a casa. No es sólo dar, es recibir. Si uno no se acostumbra a ese trato, no puede vivir en estos sitios. Mi madre dice que mientras yo tenga manos para trabajar, ellos no tendrán que ir pidiendo favores; y yo, mientras pueda venir y volver a la Petite Carlota, no me quejo.

La complicidad del tono, aunque ligera, bastó para que el cuarto dejara de ser sólo el cuarto de un huésped y se convirtiera en un espacio compartido por unos minutos de conversación.

Ella recogió las sábanas limpias y empezó a extender la de abajo sobre el colchón. Loaisa se levantó para ayudar.

—Déjeme —dijo—. Al menos sujeto de este lado.

Ana dudó un segundo y aceptó. Cada uno tomó una esquina. Al estirar la tela, las manos estuvieron más cerca de lo habitual. No llegaron a tocarse, pero el gesto de coordinar el movimiento los obligó a mirarse de nuevo.

—No está usted acostumbrado a hacer camas —observó ella, con una leve sonrisa.

—No tanto como a deshacerlas —respondió él, devolviendo la sonrisa.

La frase se le escapó sin cálculo. No era de doble intención; era una torpeza más de alguien que quiere aligerar una situación. Aun así, advirtió en el rostro de Ana un rubor fugaz. No se ofendió, pero sus mejillas se colorearon.

—Eso nos pasa a todos —replicó—. También a mí. Cuando hay cambio de estación, la señora Rosa dice que mi cuarto parece una barraca y que no sé ni dónde dejo las medias. Todo limpio y escamondado, pero manga por hombro...

Acabaron de colocar la sábana. Ella acomodó la manta, golpeó con la mano el almohadón para darle forma y se apartó un paso.

—Ya está —dijo—. No tengo que hacer nada más aquí.

Se inclinó para coger el cesto. Al girar hacia la puerta, Loaisa se movió a la vez para dejarle paso. El espacio entre la cama y la pared era estrecho. Ambos calcularon mal la distancia. El cesto se enganchó un momento en la pata de la silla, ella perdió un poco el equilibrio y él, por reflejo, alargó los brazos para sujetarla. Fue un roce breve, pero suficiente para que quedaran, de pronto, muy cerca. El cesto cayó al suelo con un golpe seco. Algunas piezas de ropa se desparramaron. Ana se apoyó en el pecho de él, recuperando el equilibrio. Loaisa notó el peso ligero de su cuerpo, el olor del jabón en el delantal y el calor del aire concentrado entre los dos.

Podría haberla soltado al instante. Bastaba con dar un paso atrás y disculparse. No lo hizo. Tampoco ella se apresuró a separarse. Durante unos segundos que parecieron más largos, permanecieron en esa posición, mirándose a poca distancia.

—Perdón —murmuró Ana, sin moverse.

—No ha sido nada —respondió él, con la voz más baja.

Las manos de Loaisa, que la sujetaban por los brazos, temblaron lo justo para delatar la tensión. Ana bajó la vista un segundo, luego la levantó de nuevo hacia él. Los ojos azules, tan claros, se veían ahora más próximos, con un brillo distinto.

Fue un gesto pequeño el que rompió el equilibrio. Ella, quizá para incorporarse mejor, apoyó una mano en el hombro de él. El contacto fue firme. Loaisa, sin pensarlo demasiado, acercó el rostro. No hubo palabra previa. El primer beso fue corto, casi torpe, pero ninguno de los dos lo rehuyó. El segundo ya no lo fue tanto.

No hubo grandes movimientos. Nadie habló de amor ni de promesas. Sólo se buscaron, se encontraron con la urgencia contenida de quienes llevan días midiéndose con la vista sin atreverse a más. La ropa no salió volando ni hubo apuro. El cuarto, pequeño, les bastó. La cama recién hecha dejó de estarlo. La luz de la tarde, filtrada por la ventana, recortaba figuras sin entrar en detalles.

El tiempo se hizo más lento. Loaisa sintió, mezclados, el deseo y una gratitud extraña: por el cuerpo que se ofrecía y por la presencia concreta de alguien que le devolvía, por unas horas, la sensación de estar vivo en medio de una fiebre que le había recordado la fragilidad. Ana no dijo casi nada. No era mujer de palabras largas. Lo que quiso decir lo dijo con las manos y con la manera de no apartarse. En algún momento, casi en susurro, alcanzó a decir que al día siguiente tenía que levantarse antes del alba; luego calló, como si esas palabras, demasiado suyas, se hubieran escapado sin permiso.

Cuando todo se calmó, el cuarto quedó en silencio. Se oía, muy lejos, alguna voz en el camino, el ladrido de un perro y alguna chicharra. Ana se incorporó despacio. En su gesto no había alboroto. Recogió el delantal, alisó la falda, volvió a trenzarse el cabello con manos que conocían bien la tarea.

—Tengo que bajar —dijo en voz baja—. Doña Rosa me buscará.

Loaisa asintió. No insistió en retenerla. Sabía que en una casa donde todo se ve, una ausencia prolongada despierta preguntas.

—Ana… —empezó.

Ella le cortó con una leve sacudida de cabeza.

—No diga nada ahora —pidió—. No hace falta. Lo que tenga que ser, ya se verá cuando usted se marche y yo siga aquí.

Se agachó para recoger la ropa caída. Metió de nuevo las piezas en el cesto, una por una, sin prisa exagerada. Antes de llegar a la puerta, se volvió un momento.

—Cierre bien cuando baje —añadió—. No quiero que digan que he dejado el cuarto a medias.

La frase, sencilla, llevaba dentro mucho más de lo que decía. Luego abrió la puerta y salió al pasillo. Sus pasos se oyeron bajando la escalera. Al poco, el rumor de la casa volvió a ser el habitual.

Loaisa quedó solo, sentado en el borde de la cama revuelta. Sintió el corazón acelerado aún, la respiración algo desordenada. Miró la puerta cerrada, luego la ventana. No sabía qué hacer con las manos. Se alisó la camisa, se levantó y trató, por reflejo, de recomponer la cama. No lo consiguió del todo. La huella de lo ocurrido era visible, aunque sólo él pudiera leerla entera. No bajó hasta pasado un rato. Cuando lo hizo, Rosa estaba sirviendo la cena. Bartolomé hablaba con un vecino en el patio. Ana iba y venía con platos, como siempre. Nadie mencionó nada. Nadie miró a nadie de manera distinta de la habitual.

Durante la comida, Loaisa evitó cruzar la vista con ella más de lo necesario. Aun así, en un momento en que le acercó el pan, sus dedos se rozaron. Fue un contacto mínimo, pero suficiente para que ambos recordaran lo que había pasado en el cuarto de arriba unas horas antes. Esa noche, cuando se acostó, la fiebre no volvió. El cansancio sí. Cerró los ojos con la sensación contradictoria de quien ha encontrado algo inesperado justo cuando se prepara para marcharse. Sabía que el viaje a Madrid no podía demorarse mucho más. Al mismo tiempo, le costaba imaginar el momento de dejar atrás la posada, la colonia y esa habitación que en un día había pasado de ser refugio de enfermo a escenario de un secreto compartido.

Por primera vez desde que llegó a La Carlota, se durmió sin pensar en el examen ni en los papeles. La imagen que se le venía, una y otra vez, antes de que el sueño lo venciera, era la de unos ojos azules, muy cerca de los suyos.

10
Quince mil reales

Los días siguientes al viaje de Juan a Sevilla transcurrieron con una mezcla de rutina y de espera contenida. El trabajo en la posada y en las casas del camino no se detuvo: las caballerías seguían entrando y saliendo, los vecinos labraban sus suertes de tierra y las mujeres cargaban agua hasta sus casas. Pero cualquier ruido de ruedas en la vereda hacía que más de una mirada se volviera hacia el camino.

En la casa de los Campel, el anciano pasaba más tiempo sentado, con la muleta apoyada a su lado, mirando hacia la entrada del patio. No lo decía, pero esperaba. Rafaela mantenía las manos ocupadas: cosía, limpiaba y ordenaba. Evitaba asomarse al camino cada vez que oía un carro, para no dejar ver la inquietud. En la posada, Rosa y Bartolomé hacían cálculos en voz alta sobre los días necesarios para ir y volver a Sevilla con un arriero.

—Si salieron al amanecer —decía Bartolomé—, al día siguiente a mediodía ya podrían estar de vuelta, si no hay contratiempos. Si se han entretenido en la ciudad, será porque no es fácil encontrar un comprador.

Loaisa escuchaba esas cuentas sin intervenir. A la preocupación ajena se sumaba una propia: sabía que su estancia en la colonia no podía prolongarse indefinidamente sin poner en riesgo los planes de Madrid, pero también entendía que marcharse antes de ver resuelto el asunto de Juan le resultaría difícil.

La noticia llegó en forma de voz de arriero. Una tarde, mientras Loaisa tomaba aire en la puerta de la posada, un carro cargado pasó frente a la casa. El hombre que guiaba las mulas levantó la mano en señal de saludo y, sin detenerse, gritó:

—¡El nieto de Campel viene detrás! ¡Lo he dejado a media legua!

El carro siguió su camino hacia La Carlota. Rosa, que había oído el grito desde la cocina, salió secándose las manos en el delantal.

—Ya está —dijo, con un suspiro que era mitad alivio, mitad cansancio—. Ahora faltan los detalles.

En la casa de los Campel, la noticia llegó poco después. Algún vecino la llevó de boca en boca. El anciano no se movió de su silla, pero la expresión del rostro cambió. No sonrió, pero la línea dura de la boca se relajó un poco. Rafaela apretó las manos sobre el delantal y, por primera vez en días, permitió que se le escapara una lágrima sin intentar ocultarla.

Cuando el polvo del camino anunció la llegada, el patio estaba ya pendiente. Juan entró andando, no en carro. Llevaba la ropa marcada por el viaje y el rostro tostado por el sol, pero la mirada era firme. En la mano derecha sostenía una carpeta de cuero doblada; en la izquierda, una pequeña bolsa de tela cerrada con una cuerda.

—Ya estoy aquí —dijo, deteniéndose ante el abuelo.

Rafaela llegó antes a abrazarle. El gesto fue sencillo, sin exageración, pero intenso. El anciano esperó a que se separaran un poco y habló con voz más grave de lo habitual.

—¿Y el anillo? —preguntó.

Juan sacó la carpeta, la abrió y extendió un pliego en la mesa del patio.

—Aquí está la licencia absoluta —respondió—. Firmada en Sevilla, donde tuvimos que esperar que la enviaran desde Córdoba. Y aquí —añadió, levantando la bolsa— los quince mil reales que sobraron después de pagar el sustituto: cinco mil en monedas y diez mil en cartas de pago.

Rafaela miró la bolsa con una mezcla de curiosidad y de respeto. El anciano, en cambio, fijó la vista primero en la licencia. No sabía leer con soltura la lengua castellana y su vista cansada tampoco ayudaba a ello, pero conocía la forma de esos documentos: encabezamiento con sello, líneas apretadas y firma al final. Pasó los dedos por el papel, como si juzgara su consistencia.

—Siéntate —dijo a Juan— y cuéntalo despacio.

Loaisa, que había acudido al patio al enterarse de la llegada, se mantuvo a un lado, sin querer ocupar el centro. Sabía que, más adelante, podría pedir ver el documento con detalle.

Juan apoyó la carpeta en la mesa, se sentó en un banco y comenzó a relatar. Habían salido de la colonia al amanecer, junto con el arriero, camino de Sevilla. El viaje, aunque conocido, se le hizo largo. En su cabeza resonaban las palabras del alguacil, la suma necesaria para el sustituto y la imagen del anillo en la mano del abuelo. Al llegar a la ciudad, buscó primero alojamiento sencillo cerca de la zona de trato. Luego, guiado por el arriero y por las referencias de Loaisa, localizó dos o tres casas de plateros.

—No quise entrar en la primera que vi —explicó—. Todos decían que hay gente que paga bien y otros que se aprovechan. Tanteé, como quien no quiere la cosa, entre las gentes del lugar como si fuera a comprar un anillo, y me orientaron acerca de quiénes eran más honestos con los clientes.

No recordaba el nombre de la calle con precisión, pero sí la imagen: un taller con mostrador de madera, vitrinas con objetos brillantes y, detrás, un hombre con gafas y manos finas que examinaba cada pieza con minuciosidad. Juan sacó el anillo envuelto en el lienzo. El platero lo tomó, lo vio primero a simple vista, luego lo acercó a la luz y después se puso las gafas. Tocó el relieve del escudo, probó el metal con una lima discreta en una zona poco visible. No hizo comentarios inmediatos.

—¿De dónde viene esto? —preguntó al cabo.

—De Alemania —respondió Juan—. Era de mi abuela.

El platero lo miró, evaluando si aquella historia era adorno o realidad. Al final, no insistió. Señaló que la pieza era buena, que el oro tenía ley alta y que el diamante y el trabajo del escudo aumentaban el valor.

—Puedo pagarle tanto —dijo, mencionando una cantidad.

Era alta, mucho más alta de lo que hubiera llegado a imaginar. Más que suficiente para los cinco mil reales del sustituto. Juan, que no estaba acostumbrado a cifras grandes, dudó si apretar o conformarse. Recordó entonces la instrucción del abuelo: venderlo bien, sin regalarlo, pero sin alargar el trato más de lo necesario. No regateó mucho. Aceptó la oferta tras una pequeña mejora.

—Firmamos un recibo —continuó—. El platero anotó su nombre y el mío. Me dio la mitad del dinero al contado, en monedas; y la otra mitad en vales a mi nombre para cobrar en casas de plateros de Écija y Córdoba. Dijo que no era seguro para él tener tanto dinero en su tienda, ni para mí viajar con él tentando a los amigos de lo ajeno. De allí fui directo a las oficinas donde se arreglan las licencias, acompañado de un joven sevillano de dieciocho años que había quedado exento en su sorteo pero que aceptaba sustituirme a cambio de mil reales. Me pareció mucho dinero, pero recordé que el país estaba en guerra y no sería fácil encontrar candidatos que exigieran menos; así que me conformé. Una vez allí me pidieron el oficio que trajo el alguacil y me avisaron de que las gestiones se demorarían varios días porque tenían que escribir al Ayuntamiento de La Carlota y a la

Diputación de Córdoba. Comprobado todo, me indicaron que pasara a las oficinas del escribano que se ocupaba de las quintas.

Al mencionar al escribano, Loaisa se inclinó un poco más hacia delante. Quería saber cómo se traducía, en la práctica, el trabajo que él aspiraba a hacer.

—¿Y cómo fue allí? —preguntó.

Juan lo miró, buscando las palabras.

—Había una sala con bancos y un par de personas esperando —explicó—. Algunos venían a pedir papeles, otros a entregar. En la mesa del fondo, un hombre con pluma iba llamando por nombre. Yo dije que venía a pagar sustituto para no ir a quintas. Me pidieron de nuevo el oficio del alguacil y los datos de la colonia. El escribano miró los papeles, hizo números en un margen, cobró los cinco mil reales y empezó a escribir.

Recordaba la velocidad de la mano sobre el papel, la seguridad de los trazos, las fórmulas que salían de memoria. Mientras escribía, el escribano apenas levantaba la vista. Sólo preguntó alguna vez:

—Nombre, apellidos, edad, lugar de vecindad.

Juan respondió lo mejor que pudo. Al final, el escribano secó la tinta, dobló el papel con cuidado y estampó un sello.

—Aquí tiene —dijo—. Un recibo de su pago por una licencia absoluta, cuando lo comuniquemos a Córdoba y a La Carlota y recibamos respuesta, podrá pasar de nuevo a por esa licencia que le eximirá de entrar en quintas mientras viva.

Juan salió de allí con el recibo en la carpeta y el resto del dinero en la bolsa. Durmió las noches siguientes en Sevilla, en una venta menos limpia que la casa de Rosa, aguardando que llegase respuesta para obtener su licencia. Los días pasaron y no fue hasta el octavo que recibió aviso de que pasase de nuevo por la oficina de quintas, donde, al fin, recibió su anhelada licencia absoluta. A la mañana siguiente, se unió a otro arriero que regresaba hacia la campiña. El resto del relato era camino, polvo y cansancio.

Cuando terminó de contar, el patio quedó en silencio unos segundos. El anciano rompió ese silencio preguntando:

—¿Guardaste bien el papel? Aunque lo hayan comunicado a Córdoba y al Ayuntamiento de La Carlota, es mejor no fiarse. Es más, pienso que deberías acercarte a la notaría de Ramón de los Reyes para dejar constancia de su contenido entre sus papeles y poder demostrarlo si fuera necesario en el futuro.

Juan señaló la carpeta.

—Aquí está —dijo—. No lo he soltado desde que lo firmaron.

—Deje que lo vea un momento —pidió Loaisa entonces, con respeto—. Si no les importa.

El viejo asintió. Juan extendió el documento hacia él. Loaisa lo tomó con cuidado. Era un pliego oficial, con el encabezado impreso y el texto manuscrito. Reconoció las fórmulas: «En nombre de Su Majestad…», «Hago saber…», «Se concede licencia absoluta…». La letra era firme, con las abreviaturas habituales. En el margen, una nota pequeña recogía el pago del sustituto y la cantidad exacta.

Loaisa se detuvo un instante en la firma. Pensó, sin decirlo, que algún día podría ser la suya al pie de un documento similar. El papel, que para el escribano era uno más entre muchos, allí en el patio representaba la diferencia entre ver marchar a un mozo al sorteo y mantenerlo en la casa y en la tierra.

—Está en regla —dijo, devolviendo la licencia—. Guardadla bien. Es vuestro seguro.

El anciano tomó el documento y lo dobló con cuidado. Luego lo entregó a Juan.

—Guárdalo tú —dijo—. Es tu libertad. Y, de paso, la de tu mujer.

Rafaela apretó más el delantal. Tenía los ojos húmedos, pero esta vez no lloraba de miedo, sino de alivio.

—¿Y los quince mil reales? —preguntó Rosa, que había entrado al patio al final del relato—. ¿Qué piensan hacer con ellos?

La pregunta era práctica. Nadie en la colonia estaba acostumbrado a tener de golpe una suma así. El anciano se tomó un momento antes de responder.

—Primero —dijo—, daremos gracias porque el negocio ha salido bien. Luego, pensaremos con calma. *«Leicht gekommen, leicht gegangen»*[2]. Una parte será reserva, por si vuelven malos años. Otra —añadió—, ya veremos si sirve para mejorar la casa o comprar alguna herramienta o caballería que haga el trabajo más llevadero. Lo que sí es importante es contar que apenas han sobrado dos o tres mil reales después de todas las gestiones, o pronto tendremos a los amigos de lo ajeno haciendo fila para robar en esta casa…

Había, en esa respuesta, prudencia y sentido de responsabilidad. Ni fiesta extra, ni gasto precipitado. La alegría se medía en función de lo que convenía a la casa.

Loaisa observaba la escena con atención. Veía cómo un objeto antiguo, cargado de historia, se había transformado en una licencia, una bolsa de monedas y una decisión de futuro. Ese tránsito, que en los papeles se resumía en una anotación contable, allí implicaba memoria familiar, renuncias y una forma de entender la propiedad.

Esa noche, la posada respiró de otro modo. En la cena, el tema fue inevitable. Se habló de la venta del anillo, del platero de Sevilla, del escribano que redactaba licencias como quien hace cuentas y del viaje de vuelta. Bartolomé comentó que no todos los tratos en la ciudad salían tan bien; Rosa, que Dios había sido generoso con los Campel que quizá no sabían lo valiosa que era

---

[2] *«Lo que viene fácil, fácil se va».*

esa joya de la mujer del anciano. Ana sirvió los platos con la misma eficiencia de siempre, pero Loaisa notó un brillo distinto en su mirada cuando se mencionaba la buena suerte del nieto.

En la casa de los Campel no hubo baile ni fiesta grande. Se rezó el rosario, se dio gracias y se cenó con un poco de carne, mejor que la habitual, pero sin excesos. El anciano se retiró a su cuarto más temprano de lo normal. Necesitaba asimilar, en silencio, que el anillo que le había acompañado media vida ya no estaba en el cofre, y que, sin embargo, había hecho aquello para lo que, quizás, él mismo lo había conservado tanto tiempo: servir de apoyo en el momento exacto.

Al acostarse, Loaisa pensó que, a partir de ese día, nada externo obligaba ya a prolongar su estancia. El cuerpo se encontraba mejor; y el asunto de Juan estaba resuelto. Madrid, con sus exámenes y sus protocolos por llenar, recuperaba peso en su horizonte. También, en otro plano, sabía que dejar la posada significaría dejar atrás a Ana y a todo lo que había empezado a surgir entre ellos. La colonia, que unos días antes era para él un nombre en los papeles y un paisaje de olivos y campos de cereal a la sombra de encinas centenarias, se había convertido en un lugar concreto con rostros, decisiones y sacrificios.

11
El cementerio

Pasados unos días desde el regreso de Juan, la colonia recuperó su ritmo habitual. El oficio del alguacil había dejado de ser tema de conversación; la licencia dormía doblada en un cajón de la casa de los Campel y los quince mil reales, pues con discreción habían viajado para cobrar los vales, descansaban en un escondite que sólo el anciano y su conocían. Sobre la superficie, todo parecía volver a ser lo que había sido.

Por debajo, sin embargo, varias cosas habían cambiado. En la casa de los Campel, Rafaela trabajaba con una tranquilidad distinta; Juan se levantaba cada mañana con la certeza de que el futuro inmediato no pasaba por una compañía militar. En la posada, Rosa había dejado de mirar cada carro del camino con la sospecha de que trajera malas noticias. Y Loaisa, que había visto resolverse ante sus ojos un conflicto nacido de un papel, empezó a sentir con más fuerza el tirón de Madrid.

Una mañana, mientras pan con leche en la mesa grande, desplegó su cuaderno de viaje y se puso a hacer cuentas. Anotó los días que llevaba detenido en La Carlota, los que le faltarían hasta la capital si reanudaba pronto el camino, el margen que le quedaba antes del examen.

—¿Ya piensa en marcharse? —preguntó Rosa, mientras secaba unos vasos.

—Tengo que hacerlo —respondió él—, mi examen está fijado para dentro de treinta días. No vine para quedarme. Y, ahora que lo de Juan está arreglado, ya no tengo justificación.

Ella lo miró con una mezcla de comprensión y resistencia.

—El camino no se va —dijo—, pero los días tampoco crecen. Si se tiene que ir, váyase cuando el cuerpo lo aguante. Ni antes ni después.

Loaisa asintió. Había decidido, por dentro, que partiría en dos o tres jornadas, si la salud seguía firme. Quería disponer de un par de días para despedirse con calma y ordenar sus notas. Entre esas despedidas pendientes estaba, en lugar principal, el anciano Campel. Esa misma tarde, cuando el sol empezó a bajar, cruzó de nuevo el camino hacia la casa del emparrado. El patio estaba en semipenumbra. Juan había salido a regar las lechugas del huerto con el agua del pozo y Rafaela recogía ropa de la cuerda. El anciano ocupaba su silla de siempre, con la muleta apoyada al lado.

—Buenas tardes, señor Campel —saludó Loaisa.

—Buenas tardes, señor Loaisa —respondió el viejo—. Siéntese. Aquí todavía corre algo de aire.

Loaisa tomó la silla habitual. Esperó unos instantes, dejando al otro marcar el rumbo de la conversación.

—La señora Rosa me ha dicho que anda usted contando los días —dijo el anciano, sin rodeos—. Que quiere reemprender el camino.

—Pensaba salir en dos o tres días —admitió Loaisa—. Si el cuerpo responde, seguiré hacia Madrid.

Campel asintió despacio.

—No puede uno vivir siempre en posadas —concedió—. Cada cual tiene su ruta. Pero antes de que se vaya, hay algo que quiero hacer.

Loaisa lo miró con atención.

—Lo que usted necesite —respondió—. Si está en mi mano, lo haré.

El anciano guardó silencio unos segundos, como si ordenara las palabras.

—He visto pasar muchos forasteros por estas casas —empezó—. Arrieros, soldados, viajantes e incluso algún estudiante. La mayoría mira las casas, los árboles y el reloj de la plaza y sigue. Usted ha mirado algo más. Ha preguntado, ha escuchado al capellán, ha visto cómo un papel puede trastornar una boda y cómo un anillo puede convertirse en libertad.

Se inclinó un poco hacia delante.

—Hay cosas que aquí no sabe nadie —continuó—. Ni mis hijos, ni mis nietos. Y quiero que sigan sin saberlas. Para ellos, yo he sido siempre Campel, un colono como los demás. Con eso les basta para vivir tranquilos. Pero llevo muchos años con una historia dentro. Si me la llevo entera a la fosa, será como si nunca hubiera existido. No necesito que se imprima en un libro. Me basta con que alguien la escuche y la guarde en la cabeza.

Fijó la mirada en Loaisa.

—Si tiene paciencia, me gustaría contársela. Sólo a usted.

Loaisa sintió el peso de la oferta. No se trataba de simple curiosidad; el viejo le proponía, en la práctica, ser testigo de una vida anterior que no figuraba en ningún papel de la colonia.

—Será un honor —respondió—. Y una responsabilidad. Sólo me preocupa no crear recelos con su familia.

El anciano hizo un gesto breve, restando importancia.

—No hablaremos aquí —dijo—. Mañana, después de comer, iremos al camposanto de La Carlota. Al de verdad, al que está a las afueras, junto al camino. Allí está enterrada mi mujer, y allí planté yo un álamo que ya tendrá casi cincuenta años. Bajo ese árbol le contaré lo que nadie de por aquí ha oído por completo.

Se tomó un respiro.

—No quiero que mis nietos me oigan decir cosas que puedan revolverles las ideas. Ellos son labradores y buena gente. No les hace falta saber de castillos ni de títulos muertos.

—Iré —dijo Loaisa—. Vengo a buscarlo mañana, a la hora que usted diga.

—Venga cuando el sol empiece a bajar —respondió Campel—. No está lejos, pero mis piernas ya no son las de antes. Con la muleta y su brazo, llegaremos.

El resto de la visita transcurrió en asuntos menores: la cosecha, un rumor sobre nuevos cambios en las contribuciones y una anécdota de don Manuel. Nada dejaba adivinar, a quien entrara de improviso, que se había concertado una cita para desenterrar una historia antigua. Al día siguiente, tras la cena, el calor seguía siendo fuerte, pero el sol ya no caía a plomo. Loaisa se presentó en el patio con puntualidad. El anciano estaba listo: sombrero de ala ancha, chaqueta ligera y la muleta apoyada en la silla.

—Vamos —dijo—. Si tardamos, me coge la noche de vuelta, y no estoy yo para tropezones.

Rafaela se acercó.

—No se canse mucho, abuelo —pidió—. Y usted —añadió, mirando a Loaisa—, no lo deje ir solo.

—Lo traigo entero —respondió él—. Se lo prometo.

Salieron por el camino real en dirección a La Carlota. El pueblo estaba a la vista. Antes de entrar por la calle principal, tomaron una vereda que se abría hacia el norte, bordeando las últimas viviendas. El terreno descendía apenas; a un lado quedaban algunas huertas, al otro, algunos olivos y frutales que se regaban con el agua de la Fuente Nueva.

—El cementerio está ahí mismo —explicó el anciano—. Extramuros, como mandan las ordenanzas desde hace años. No es grande, pero sirve para todos los que vivimos en estas tierras.

Al cabo de unos minutos, apareció la tapia. Era un muro sencillo, encalado, de altura no muy alta, que rodeaba un rectángulo de terreno. La entrada era una puerta de madera, reforzada con hierro, casi siempre entornada. No había más adorno que una pequeña cruz en lo alto del arco y algunas pinturas que todavía se adivinaban bajo las capas de cal con las que habían pintado la portada. Fuera, a un lado, se veían algunas piedras donde los vecinos solían sentarse a descansar.

Loaisa empujó la hoja y dejó paso al anciano. Dentro, el suelo era de tierra, con alguna hierba reseca aquí y allá. Las sepulturas se distribuían en filas más o menos rectas, marcadas por cruces de madera, pequeñas losas sencillas o montículos señalados con piedras. No se veían mausoleos ni mármol labrado. Algún nicho encalado, pegado a la tapia del fondo, recordaba a los enterramientos más recientes de familias con algo más de medios.

—Aquí estamos todos mezclados —dijo Campel—. Colonos viejos, hijos nacidos ya en estas casas y algún forastero que murió de paso. El que puede pone cruz; el que no, al menos deja una piedra para saber por dónde rezar.

El aire era más fresco que en el camino, gracias a unos pocos árboles plantados dentro del recinto. La mayoría eran cipreses, pero uno destacaba cerca de la tapia norte: un álamo de tronco ya respetable, claro, con una copa frondosa que daba sombra a dos tumbas contiguas. El suelo, bajo él, estaba más limpio de hierbajos; se notaba que alguien lo cuidaba.

—Es allí —señaló el anciano—. Bajo ese álamo.

Caminaron despacio entre las sepulturas. Alguna cruz mostraba nombres de claro origen alemán, mal acomodados a la ortografía castellana; otras llevaban apellidos ya castellanizados. No había fechas antiguas. Todo era de unas pocas décadas a aquella parte: la edad misma de la colonia.

Al llegar al álamo, el anciano se detuvo. Apoyó con firmeza la muleta en el suelo y miró primero al árbol, luego a la tierra bajo él.

—Este árbol lo planté yo —dijo—. Era apenas un palo, cuando lo traje. Lo arranqué de un arroyo que hay más allá de las suertes del norte. Quise plantarlo aquí, junto a la tumba de ella. Desde entonces, cada año le quito las ramas secas y mis nietos vienen a traerle agua cuando aprieta el verano. No porque el árbol lo necesite tanto, sino para que se acuerden de que aquí hay algo más que un montón de tierra.

Loaisa observó las dos tumbas que quedaban bajo la sombra. Una cruz sencilla, de madera, marcaba la de la izquierda. En ella se leía, con letra torpe, «María C.» y una fecha. La otra, a la derecha, estaba sólo perfilada: un montículo de tierra algo levantado, sin cruz aún.

—Ella está ahí —dijo el anciano, señalando la tumba con cruz—. La cruz la cambiamos hace unos años, porque la primera se pudrió. El hueco de al lado es para mí. Cuando llegue el momento, no hará falta buscar sitio. Sólo abrirán aquí.

Se volvió hacia Loaisa.

—No quiero que mis nietos sepan más que esto —añadió—: que su abuela vino de lejos, que trabajó esta tierra conmigo y que aquí descansa. Les basta. No necesitan saber de dónde venía el anillo ni qué hubo antes de nuestra vida en España. A usted, en cambio, sí quiero contárselo.

Se sentó en una piedra baja junto a la tapia. Hizo un gesto para que Loaisa se acomodara sobre otra, frente a él, bajo la sombra del álamo. El sonido de las hojas, movidas por una brisa ligera, era el único ruido dentro del recinto, aparte de algún pájaro que cruzaba rápido.

—Lo que voy a decirle —empezó— no está en ningún papel de La Carlota. Ningún escribano lo ha puesto por escrito. Sólo Dios y yo lo sabemos entero. A partir de hoy, también usted. No porque espere que lo escriba, sino porque necesito, antes de morir, que alguien de fuera sepa que hubo otro Campel antes de este, y otra vida antes de estos surcos.

Miró un momento la cruz de madera.

—Como bien sabe, no nací aquí —dijo—. Ni siquiera en España. De niño, mi apellido sonaba distinto. Vengo de una tierra de castillos junto a un río grande, de un sitio que ustedes nombran a veces en los libros sin imaginar quién ha acabado bajo estas encinas. Allí empezó la historia de ese anillo que vendimos en Sevilla y de esta mujer que reposa aquí.

Alzó la vista hacia la copa del álamo.

—Si tiene paciencia, se lo contaré desde el principio —concluyó—. Desde muy lejos de La Carlota.

Loaisa no lo interrumpió. Sabía que lo importante, a partir de ese momento, era dejar que el viejo desenrollara su historia al ritmo que pudiera, bajo la sombra del único álamo alto del cementerio de la colonia.

12
El castillo de Belfor

Al principio, a Loaisa le costó trabajo imaginar a aquel viejo de manos ásperas y espalda vencida en otro escenario que no fuera el patio de una casa de colono o la cabecera de un surco. Que ese mismo hombre hubiera sido un muchacho en un castillo alemán, entre ríos y bosques, exigía un esfuerzo de imaginación que sólo las palabras podían sostener. La voz pausada del anciano tenía que tender, frase a frase, un puente entre la tierra de aquella suerte y las losas frías de una sala de armas.

Campel empezó despacio, como si tuviera que atravesar muchos años para llegar al primer recuerdo.

— De niño, no me llamaban como ahora. Vengo de una tierra fría, con invierno largo, donde el río baja ancho y los bosques se arriman hasta casi tocar las murallas. Allí estaba el castillo de Belfor.

No necesitó adornar mucho más. A Loaisa le bastó con esa imagen: una fortaleza de piedra sobre una altura, mirando a un río que él apenas conocía de oídas, con bandadas de cuervos dando vueltas por encima de las torres y el agua corriendo al fondo como un ruido de fondo constante.

—Mi padre era oficial al servicio del emperador —continuó— . No muy alto en el escalón, pero buen soldado. De esos que no hacen ruido, pero que están siempre donde se les manda. Mi madre murió pronto. A mí me cuidaron nodrizas y criados hasta que él me llevó consigo a los cuarteles, cuando ya podía andar solo y entender órdenes sencillas.

Se detuvo un momento. El ruido de las hojas del álamo llenó el hueco.

—Murió en campaña —añadió—. No en un gran día de gloria, sino en una escaramuza más, al lado del barón de Belfor. Una bala, un caballo que cae, un cuerpo que no se levanta. Eso fue todo. El barón, por fidelidad a su memoria, se hizo cargo del hijo que quedaba. De mí. Terminada la campaña, me llevó a su castillo.

Loaisa intervino sólo para situar mejor la escena.

—¿Le quedaba familia entonces?

—Ninguna que pudiera ocuparse de mí —respondió el anciano—. Lo que había de parientes estaba lejos y sin medios. El barón cumplió con lo que creía un deber: recoger al hijo del oficial que le había guardado las espaldas durante años. Me recibió en Belfor como se recibe a un ahijado pobre.

Campel empezó a describir la vida en el castillo con una precisión que demostraba que la memoria seguía intacta a pesar de su avanzada edad.

—Era una casa grande, de piedra, con dos torres y un patio interior. No tan grande como las que se mencionan en los cuentos, pero suficiente para que un niño encontrara rincones donde perderse. Había una sala grande con tapices, una capilla pequeña, caballerizas bien llenas y una cocina donde entraba más gente de la que yo había visto nunca junta. En invierno olía a humo y a cuero mojado; en verano, a hierbas del jardín que las criadas colgaban a secar en las galerías.

El barón no era un personaje lejano ni sólo un título.

—Era un hombre serio —recordó—, de unos cincuenta años cuando yo llegué. Viudo hacía tiempo. Tenía un hijo, mucho mayor que yo, que ya servía como oficial, y una hija de mi edad. Él se ocupó de que me educaran: maestros que venían unos días a la semana para enseñarme a leer y a escribir, latín suficiente para entender las oraciones, algo de cuentas y algo de historia. También me hicieron montar a caballo y aprender a manejar la espada. Decía que el hijo de un soldado no debía estar torpe con las armas, por muy pobre que fuera.

La diferencia de rango estaba siempre presente, pero no se vivía con violencia.

—Yo sabía que no era uno de ellos —aclaró—. Comía en otra mesa, dormía en otra parte de la casa y vestía con ropa más sencilla. Pero no me trataron como a un criado. Era algo intermedio: más que un sirviente pero menos que un señor. El barón, cuando estaba de buen humor, me llamaba «mi pequeño Campel» y me daba palmadas en la espalda. Eso, para un huérfano, era casi todo.

La hija del barón, María, apareció pronto en el relato.

—Ella tenía más o menos mi edad —dijo—. Desde niño, jugaba con ella en los patios y en los jardines. Me enseñaba palabras de francés que había aprendido de una institutriz; yo le mostraba cómo se desmonta y se limpia una pistola de chispa. Crecimos uno al lado del otro. No como iguales, pero casi. En el castillo todo el mundo daba por sentado que yo estaría siempre allí, al alcance de la mano.

Los años de adolescencia en Belfor pasaron marcados por la guerra y por un ritmo de casa señorial que repetía estaciones: inviernos largos, veranos en los campos, ausencias del hijo mayor y noticias de campañas lejanas.

—Mientras tanto —prosiguió—, yo miraba a María de otra manera. Ya no era sólo la compañera de juegos con la que uno se ensucia de barro. Empecé a fijarme en cómo hablaba, en cómo se peinaba o en la forma en que se ocupaba de las criadas o de los viejos. Pero nunca le dije nada. ¿Qué podía decir un muchacho sin nombre propio a la hija de un barón?

No había dramatismo en la voz del anciano; sólo constatación.

—Mi cabeza estaba en dos cosas —resumió—: en ella y en la idea de seguir la carrera de mi padre. De lo segundo sí hablé. De lo primero, no.

Cuando tuvo edad suficiente, la cuestión del futuro se planteó con claridad.

—A los quince o dieciséis años —contó—, fui a ver al barón y le dije que quería entrar en un regimiento de caballería. Que la vida entera en el castillo no era para mí. Él me miró largo rato, como pesa uno una pieza. Sabía que, si me quedaba, sería siempre un protegido más, una boca más que alimentar sin puesto claro. Si me iba al ejército, al menos seguiría la línea de mi padre.

El barón lo ayudó.

—Movió sus influencias y al cabo de un tiempo llegó la orden: debía incorporarme como oficial subalterno a un regimiento. No era un gran destino, pero para mí era mucho. Tendría uniforme propio, caballo propio y sueldo. Y una oportunidad de ganar nombre.

Fue entonces cuando el corazón se interpuso en el plan.

—Cuando tuve el papel en la mano —dijo—, entendí de golpe qué significaba marchar. No era sólo dejar la comodidad del castillo. Era dejarla a ella. Hasta ese momento me había engañado pensando que todo seguiría igual. Que algún día podría regresar con una hoja de servicios limpia y plantear al barón una petición razonable. Pero la salida era ya cosa de días. Y yo no le había dicho a María una sola palabra de lo que sentía.

La tarde anterior a la partida quedó grabada en su memoria para siempre.

—La encontré en el jardín —recordó—. Caminaba sola, con un libro en la mano, pero sin leer. Se veía que estaba más triste de lo normal. Había llovido por la mañana y la tierra olía a húmedo; las últimas rosas del verano empezaban a mustiarse junto al muro. Yo llevaba todo el día buscando el momento. Al verla detenerse bajo un tilo, con el libro cerrado contra el pecho, supe que si no hablaba entonces no hablaría nunca. Al final, lo dije. No con grandes discursos, porque nunca se me han dado bien, sino con las palabras que llevaba tiempo guardando: que la quería, que no la veía como una hermana y que mi intención de ir al ejército no cambiaba eso, sino que lo sostenía. Que lo que quería era regresar con algo que ofrecer, para no presentarme ante su padre como un criado enamorado de su hija. Mientras hablaba, me temblaban más las manos que en mi primer ejercicio con la espada. Pero la salida era ya cosa de días. Y yo no le había dicho a María una sola palabra de lo que sentía

Loaisa imaginó la escena: dos jóvenes en un jardín, un castillo a lo lejos y un futuro difuso.

—¿Y ella? —preguntó.

—Ella se echó a llorar —contestó el anciano—. No por disgusto, sino por aliviar lo que llevaba dentro. Confesó que también me quería, que nunca se había atrevido a decirlo, que tenía miedo de lo que su padre haría si lo supiera. Me agarró del brazo como si temiera que me desvaneciera allí mismo, y durante un momento creí que el mundo se reducía a aquel banco de piedra y a su pañuelo empapado. Nos prometimos fidelidad, como los jóvenes que creen que el mundo se puede ordenar con juramentos. Nos dijimos que escribiríamos, que esperaríamos un tiempo prudente y que cuando yo tuviera un grado que me pusiera algo más cerca de su rango, entonces pediríamos juntos al barón su consentimiento.

No fue una escena grandilocuente.

—No hubo anillos, ni testigos, ni más palabras de las necesarias —aclaró—. Sólo dos muchachos en un jardín, prometiéndose cosas que no dependían del todo de ellos.

Al día siguiente, la marcha se cumplió.

—Me despedí del barón con respeto —dijo—. Me deseó suerte y me recomendó que no deshonrara el nombre de mi padre. Su hijo, el hermano de María, ya estaba en filas; me vio con reserva, como quien ve a un protegido intentar subir escalones. De ella me separé sin llamar la atención: un saludo algo más largo de lo acostumbrado y una mirada que los demás no supieron leer. Luego monté a caballo y salí del patio con la compañía.

A partir de ahí, el relato se desplazó a los caminos y a los cuarteles.

—Los años que siguieron —continuó— fueron de marchas, maniobras, ejercicios y alguna campaña menor. No fueron tiempos de grandes batallas, pero sí de movimiento. Conocí pueblos que nunca hubiera imaginado, soporté inviernos más duros que los del castillo, compartí tienda con hombres que no sabían leer pero que sabían morir con la misma naturalidad con que se levantaban al toque de diana.

Las cartas sostuvieron el vínculo con Belfor.

—Escribíamos —dijo—. No todos los meses, porque el servicio no siempre lo permitía, pero con cierta regularidad. Yo le contaba a María lo que podía: paisajes, anécdotas, algún detalle gracioso de oficiales y soldados. Ella me hablaba de la vida en el castillo, de la salud del barón, de las visitas de los vecinos, de los libros que leía. No había palabras grandes; las reservábamos para lo que de verdad nos importaba: que seguíamos pensando el uno en el otro.

Las respuestas tardaban, pero llegaban.

—Cada carta suya —añadió— era para mí una prueba de que el hilo no se había roto. No era un compromiso formal, pero bastaba. Yo cumplía con mi deber, esperando que el tiempo fuera poniéndome en un lugar desde el que pudiera hablarle al barón de otra manera.

El tono del anciano cambió levemente cuando llegó a cierto punto.

—Hasta que un día —dijo—, la carta que llegó no se parecía a las otras.

Loaisa sintió que el relato se preparaba para un giro.

—¿Qué decía? —preguntó, con cautela.

Campel cerró los ojos un instante, como si viera el papel delante.

—Decía —respondió— que su padre había dispuesto su casamiento. Que el enlace debía celebrarse pronto. Que el hombre elegido era un vecino, de buena posición, que aseguraría la fortuna del apellido. María no se atrevía a desobedecerlo abiertamente. Me pedía consejo. Me decía que, si yo consideraba que debíamos renunciar, lo aceptaría; y que, si creía que aún había camino, se pusiera por escrito. La letra era la misma, pero más apretada, como si quisiera guardar en cada línea lo que en la casa ya no podía decir en voz alta. Cuando terminé de leer, tuve que apoyar la carta sobre la mesa para que dejara de temblarme la mano.

Un silencio breve cayó bajo el álamo. El viento movió las hojas por encima de sus cabezas.

—Yo no sabía muy bien qué aconsejar —admitió el anciano—. Desde el cuartel, con la espada colgada en la pared y el uniforme en una percha, las palabras se me quedaron cortas. Lo único que se me ocurrió fue montar a caballo y volver al castillo. No había argumento escrito que pudiera sustituir lo que tenía que decir mirando a la cara al barón y a ella

No dio más detalles. El resto pertenecía ya a la noche siguiente, que aún no había contado.

—Ese viaje —concluyó— fue el principio de todas las desgracias. Pero eso es ya otra parte de la historia.

Loaisa comprendió que el relato había alcanzado una frontera natural. El cuerpo del anciano parecía cansado; la voz, algo más ronca. No insistió.

—Podemos seguir otro día, si quiere —dijo—. Lo que me ha contado hoy es ya mucho.

Campel miró la cruz bajo el álamo y asintió.

—Conviene respetar la medida —aceptó—. Yo tampoco puedo con todo de una vez. Lo importante es que ya sabe de dónde venimos. De un castillo junto a un río, no de un cortijo andaluz o de una granja alemana. Lo demás, lo iremos poniendo en su sitio.

Se levantó despacio, con ayuda de la muleta. Loaisa lo sostuvo del brazo. Otras dos mujeres de la localidad, vestidas de riguroso negro, les dieron las buenas tardes. El anciano, quitándose el sombrero, se dirigió a la de más edad y le dijo que la acompañaba en el sentimiento; a lo que la mujer respondió bajando la cabeza en señal de agradecimiento. Salieron del cementerio a paso lento, dejando atrás el árbol, las dos tumbas y la sensación de que, por debajo de la colonia blanca y ordenada de Carlos III, empezaba a dibujarse la sombra de un pasado mucho más turbulento.

13
Noche en el castillo

No pudieron seguir hablando aquel día. El regreso desde el cementerio fue lento; al llegar al camino real, el anciano acusaba el cansancio en cada paso. Loaisa comprendió que, si quería oír el resto de la historia, tendría que darle tiempo al cuerpo a alcanzar a la memoria.

—Mañana —dijo Campel, al despedirse en el patio—, si amanecen las piernas dispuestas, volvemos al álamo. Lo peor está por contar, y uno necesita aliento para decir según qué cosas.

Al día siguiente, tras la comida, repitieron el trayecto. El sol caía algo menos fuerte y el cementerio ofrecía la misma imagen de la víspera: tapia encalada, cruces sencillas y el álamo dando sombra sobre la cruz de María y el espacio reservado para él. Se sentaron en las mismas piedras, bajo las hojas que se movían con una brisa leve, y Loaisa sintió en el estómago ese nudo que anuncia que la historia entra en la parte donde algo se rompe para siempre.

El anciano tardó unos minutos en arrancar. Miraba la tierra, más que a Loaisa, como si hablara con alguien que no se veía.

—Le dije ayer que, cuando recibí la carta de María, lo único que se me ocurrió fue montar a caballo y volver a Belfor —retomó—. No pedí licencia formal. En el cuartel dejé dicho que tenía un asunto grave de familia. En aquellos tiempos, con los oficiales, se era más flexible. Supongo que el jefe pensó que se trataba de alguna herencia. No insistió. Yo, en realidad, lo que iba a hacer era meterme de cabeza en un asunto sin arreglo.

No hubo gesto de dramatización; sólo un tono más bajo.

—Cabalgaba como si el camino pudiera acortarse a fuerza de espuelas —prosiguió—. Tardé menos de lo razonable. Dormí poco, mal, en ventas de paso, con el cuerpo aún vestido y la espada al alcance de la mano. Tenía en la cabeza una sola idea: llegar antes de la boda. No sabía qué haría al llegar, ni qué palabras encontraría, pero sí sabía que no podía quedarme en el cuartel, escribiendo cartas largas, mientras ella se casaba por mandato paterno. Cada posta que dejaba atrás me parecía un día ganado y, al mismo tiempo, un día menos para convencerla.

Llegó de noche.

—Entré en las tierras de Belfor al anochecer —recordó—. El castillo estaba iluminado más de lo habitual; se veían luces en casi todas las ventanas y el resplandor de las antorchas hacía brillar la piedra húmeda del patio. Había más caballos en las caballerizas, más criados en la puerta y más ruido en los patios: música lejana, algún brindis, risas de invitados que no sabían nada de lo que se estaba decidiendo por encima de sus cabezas. Eso confirmaba lo que decía la carta: el matrimonio era inminente. Me costó encontrar el modo de entrar sin llamar la atención. Aproveché un momento en que los mozos estaban ocupados con unos carros y me deslicé por una puerta lateral que conocía de memoria, pegado a la pared como cuando era un muchacho que se escapaba de la cocina para ir a las caballerizas

Sonrió apenas, sin alegría.

—No iba armado como quien se prepara para un duelo —aclaró—. Llevaba la espada reglamentaria, pero no más. Sólo quería hablar.

Se detuvo un instante, escogiendo el siguiente paso del relato.

—Supe que la fiesta de compromiso estaba ya reunida —dijo—. Se oía música en la gran sala, el golpear de las botas sobre el entarimado, el murmullo de las conversaciones. Pedí a una vieja criada, que me conocía desde niño, que le dijera a

María que había llegado. No tuve que insistir mucho: al verme se llevó la mano a la boca, hizo una inclinación rápida de cabeza y desapareció por el corredor. Ella apareció poco después, pálida, con un vestido que no le había visto nunca, propio de un día de fiesta, y con los ojos de alguien que ha pasado la tarde entera conteniendo el llanto.

La escena siguiente, más íntima, se desarrolló en una estancia apartada.

—No podíamos hablar allí —prosiguió—. La seguí hasta una habitación pequeña, una sala de estar junto a sus habitaciones, donde sólo ardía una vela en la mesa. Cerró la puerta con prisa y se apoyó en ella un instante, como si necesitara ese trozo de madera para mantenerse en pie. Estaba nerviosa, más de lo que yo la había visto nunca. Me dijo que el casamiento sería al día siguiente; que el hombre elegido por su padre estaba en la sala, que todo el mundo daba por hecho el consentimiento y que ya habían mandado avisos a los vecinos. Me pedía, de nuevo, que le dijera qué hacer. Yo, que había venido como si tuviera respuestas, me encontré sin ninguna clara. Sólo tenía miedo y una rabia que no sabía dónde poner

El anciano apretó un poco la mano sobre la muleta.

—Hablamos deprisa —explicó—. Había poco tiempo y mucha tensión. Yo insistía en que no se casara sin amor; ella insistía en que su padre no aceptaría nunca a un oficial sin fortuna, hijo de otro oficial muerto. En medio de esa discusión, lo único que se nos ocurrió fue algo que ahora me parece más propio de una novela que de la vida: huir. Le propuse que nos marcháramos juntos esa misma noche, sin avisar a nadie, antes de que amaneciera. Ella dudó. No por falta de cariño, sino por los lazos con su casa, con su padre, con la memoria de su madre, que parecía mirar desde cada tapiz. El reloj del pasillo marcaba las horas como si nos recordara que todo seguía en marcha allá afuera.

El tiempo se les echaba encima.

—Yo, en mi desesperación —siguió—, subí la voz más de lo sensato. No gritaba, pero tampoco susurraba. Le reproché que dudara entre un matrimonio arreglado y lo que llevábamos años escribiéndonos. Ella se defendió como pudo, con las manos apretadas en el pañuelo que llevaba al cuello. Fue un momento de esos en que dos personas que se quieren acaban haciéndose daño con las palabras, porque ya no discuten sólo del futuro, sino de todo lo que no se atrevieron a decir antes.

Y entonces ocurrió lo que cambiaría todo.

—En ese punto —dijo—, se abrió la puerta de golpe. Oí antes el giro brusco del picaporte que el golpe mismo.

No hizo falta que Loaisa preguntara quién entraba.

—Eran dos —continuó el anciano—: el barón de Belfor y el hombre con quien debía casarse María. Habían notado su ausencia en la sala. El futuro yerno, sospechando quizá algo, insistió en ir él mismo a buscarla, y el barón lo acompañó, quizá para disipar cualquier sombra. Nos encontraron allí, solos, a puerta cerrada, con la emoción todavía en la cara y la vela temblando como si también ella se hubiera asustado.

La reacción fue inmediata.

—María dio un grito —recordó—, más de vergüenza que de miedo. Yo me levanté, sin saber qué decir, con la espada al cinto y las manos vacías. El hombre que debía ser su marido se puso rojo hasta las orejas; retiró la palabra con violencia: dijo que no se casaría con una mujer que recibía a escondidas a un oficial sin rango, de noche y en sus habitaciones. Hablaba alto, para que lo oyeran los que estaban en el corredor. El barón, al oír eso, entendió al momento el alcance del escándalo. Para él, no era sólo una falta de obediencia, sino una mancha sobre el honor de su casa, y en los castillos el honor vale más que la razón. Golpeó con el puño el respaldo de una silla y dijo, delante de todos: «Te saqué de la nada, Campel, y así me lo pagas».

La mirada del anciano se endureció al evocar al patrón.

—Hasta ese día —explicó—, nunca le había visto perder por completo las formas. Aquella noche, sí. Se volvió hacia mí, con la cara desencajada, y me llamó de todo menos hijo de soldado fiel. Dijo que había criado una serpiente en su casa. Que yo era un desagradecido, que le pagaba con deshonra lo que había hecho por mí, que había devuelto la caridad con traición. Me ordenó que saliera de inmediato, que no volviera a poner un pie en Belfor. Yo intenté hablar, decir algo en mi defensa, explicar que había sido él quien nos había criado uno junto al otro. Me llamó mentiroso. Fue entonces cuando todo se torció.

Loaisa esperó la descripción de la pelea. Sabía ya, por el tono, hacia dónde iba.

—El hombre que iba a casarse con María —prosiguió Campel—, al ver la escena, no quiso quedarse atrás en demostraciones. Desenvainó la espada con un ruido seco, como si necesitara que todo el castillo lo oyera. No me dio opción. Se lanzó hacia mí, sin aviso. El barón, en ese momento, también empuñó la suya. Se echaron los dos encima como si yo hubiera entrado allí con intención de matarles, y no de hablar. En un instante, la sala pequeña se quedó demasiado estrecha para tres hojas desnudas. Las puntas brillaban a la luz pobre de la vela; olía a cera caliente y a tela recién planchada, y, de pronto, también a miedo.

El anciano bajó un poco la voz.

—No voy a decirle que fui prudente —admitió—. Sentí la humillación, la cólera y el miedo a la vez. Desenvainé también. Nunca he sido de los que se dejan atravesar sin al menos intentar parar el golpe. El futuro yerno me acometió de frente; yo paré la estocada con la hoja. El barón buscaba un hueco por el lado. El suelo estaba cubierto por una alfombra gruesa, y las sillas estorbaban. Estábamos tan cerca que cualquier movimiento brusco podía acabar mal. Veía, por el rabillo del ojo, a María pegada a la pared, con las manos en la boca, sin saber a quién temer más.

111

Y acabó mal.

—En una de esas —relató—, él resbaló ligeramente sobre la alfombra. Yo, al intentar apartarme, di un paso en falso. El barón, que venía por un lado, levantó la espada para atacarme. El choque de las armas, el desequilibrio, el suelo… no sabría decirle exactamente cómo fue. Sólo sé que sentí un golpe seco, un cuerpo que se venía abajo y un grito que no era de guerra, sino de sorpresa, como quien no entiende cómo ha acabado donde ha acabado.

Hizo una pausa; respiraba algo más hondo.

—Cuando miré —dijo—, el barón estaba en el suelo. Tenía la camisa manchada de sangre a la altura del pecho, la mancha ensanchándose como una flor negra. La espada se le había escapado de la mano. El otro, el que iba a casarse con María, se quedó helado con la suya en posición, sin atreverse a acercarse ni a enfundarla. No sé si fue mi hoja la que le alcanzó al desviarse o la suya al perder pie. Nunca lo supe con certeza. Lo único cierto es que el barón tenía una herida mortal y que, en aquella habitación, yo era el único extraño.

Los gritos no tardaron.

—María se echó sobre su padre —prosiguió—. Lloraba, pedía ayuda, le llamaba por su nombre de pila, que nunca se decía en voz alta delante de los criados. Yo intenté acercarme, pero él, al verme, reunió fuerzas para maldecirnos. A los dos. Dijo que yo era un asesino. Que ella le había traicionado. Murió poco después, sin confesión y sin más palabras que esas. Esas fueron las últimas que nos dejó, y ya puede imaginar qué peso tienen cuando uno las oye tan cerca.

La escena siguiente fue de caos.

—Empezaron a llegar criados, gente de la casa y algún oficial —relató—. Vieron al barón en el suelo, a su hija a su lado y a mí con la espada en la mano. No hizo falta que nadie explicara nada: la imagen lo decía todo. O eso creyeron ellos. Alguien gritó «al asesino», y ya nadie quiso oír que aquello había sido un enredo de pasos y de orgullo. Sentí que si me quedaba un minuto más, no viviría para contarlo. No hubieran esperado al juez: me habrían colgado allí mismo, en el patio, para lavar con sangre el escándalo.

No había orgullo en su voz; sólo constatación de supervivencia.

—Hice lo único que podía hacer —dijo—: huir. No fue un acto heroico, sino de puro instinto. Salí por la puerta lateral, bajé las escaleras que conocía desde niño y crucé el patio esquivando a quienes subían, con la espada aún desnuda y la camisa manchada de sudor. No recuerdo ni cómo llegué a las caballerizas. Monté en el primer caballo que tuve a mano y salí al galope sin mirar atrás. Aquella noche, cada sombra en el camino me parecía un pelotón de soldados y cada árbol, una horca.

—Supongo —añadió— que en esos primeros minutos, todos estaban pendientes del cuerpo del barón. Nadie pensó en correr tras de mí de inmediato. Eso me dio ventaja. Cabalgué hasta que el caballo no pudo más, cambié en una posta y seguí. Tenía claro que, si me quedaba en tierras del señorío, acabaría colgado de una horca en la plaza del primer pueblo. Esa primera noche dormí a ratos, con la espalda contra la pared de un establo y la mano en la empuñadura, oyendo todavía, por dentro, el golpe seco de la caída.

Se detuvo, apoyando la mano en la rodilla.

—Desde Francia —continuó, después de un silencio— supe el resto. No tardaron en llegar noticias: en las tabernas donde se reunían soldados licenciados y mercaderes, el nombre de Belfor corría de boca en boca. El hijo mayor del barón, al heredar el título, se ocupó de cerrar el asunto a su manera. Me hicieron proceso en ausencia, sin que yo pudiera decir una palabra. Se me condenó a muerte y se ordenó que, si me encontraban en territorio del señorío, se ejecutara la sentencia sin más trámite. A María, en cambio, se la trató como a alguien que había manchado el honor de su casa: la encerraron en un convento, cargada con la maldición de su padre, con el desprecio de los vecinos y con la etiqueta de mujer que se había dejado enredar por un oficial sin fortuna.

Miró la cruz bajo el álamo, como si buscara allí aquel convento lejano.

—A ella la trataron peor que a mí —dijo—. A mí, al menos, me dieron por muerto en los papeles. A ella la dejaron viva, pero con un peso encima que en aquellas tierras era casi peor que la muerte. La consideraron culpable de tener un amante, de engañar al hombre que debía casarse con ella y de haber traído la desgracia a la casa. Nadie quiso ver que, en aquella habitación, los únicos que habían desenvainado primero no habíamos sido nosotros. A mí me colgaron el nombre de asesino; a ella, el de deshonrada. Y esos nombres, en un castillo, duran más que cualquier recuerdo verdadero.

Durante unos instantes, sólo se oyó el rumor de las hojas del álamo.

—Después vino el tiempo de Francia, de la miseria, de los trabajos pequeños y de las cartas que tardaban más en llegar —añadió—. Pero eso ya entra en otro tramo de la historia. Lo que importaba dejar dicho hoy era esto: que el colono viejo que ve usted aquí —se señaló el pecho— fue, antes de llegar a estas tierras, un huido de un castillo y de una sentencia, alguien que cruzó una frontera con una condena a la espalda y una mujer encerrada por su culpa en un convento.

Se incorporó un poco, con ayuda de la muleta.

—Basta por hoy —concluyó—. Los muertos de este cementerio han tenido ya bastante ruido. Mañana, si todavía quiere escuchar, le contaré cómo fue que María salió del convento y cómo acabamos los dos debajo de estos olivos.

Loaisa se levantó también. No intentó forzar la continuación. Sabía que la historia no se agotaba ahí, pero también que había un límite para lo que un hombre de esa edad podía remover en una sola tarde. Salieron del cementerio en silencio. Al cerrar la puerta de madera, el sol estaba ya más bajo. El álamo, desde dentro, seguiría dando sombra a las dos tumbas: la ocupada de María y el hueco que esperaba al hombre que, en otro tiempo, había cruzado de noche los muros de un castillo para defender un amor que los papeles acabaron llamando crimen.

14
Del convento al camino

Tardaron dos días en volver al cementerio. El primero, el cansancio pesó más que las ganas; el segundo, un recado imprevisto de Rafaela obligó a Campel a quedarse en casa. Fue al tercero cuando Loaisa volvió a ayudar al anciano a cruzar el camino real, rodear las últimas casas y empujar la puerta de madera que daba paso al camposanto. El álamo los esperaba igual. Se sentaron en las mismas piedras. El viejo pasó la mano por el bastón, como si ordenara también los recuerdos.

—Nos quedamos en la huida —dijo—. En cómo salí del castillo como quien sale de una casa en llamas. Lo que vino después no fue menos difícil, pero fue otro tipo de lucha.

Se acomodó la chaqueta y continuó.

—Crucé la frontera y me instalé en Francia, al principio en una ciudad cercana, luego más al interior; siempre un poco más lejos de donde podían reconocerme. No tenía oficio fuera de las armas, y no podía presentarme en ningún ejército con esa sentencia sobre la cabeza. Hice de todo: guardé caballerizas, descargué carros y ayudé a un escribiente a copiar papeles. Cada día era distinto, pero todos tenían algo en común: la falta de seguridad. Dormía donde me dejaban. En un jergón prestado en la trastienda de una taberna, en un pajar donde los ratones corrían por las vigas o en un banco de cocina, con el olor a sopa pegado a la ropa. Cada amanecer era volver a empezar, preguntando quién necesitaba un par de manos fuertes a cambio de unas monedas.

Miró un momento las manos, ásperas.

—En el ejército, al menos, uno sabe qué es y qué espera de él el que manda —explicó—. En aquella vida, no. Si se caía un encargo, se caía el pan. Yo era un extranjero más, con acento y sin papeles en regla.

Las cartas siguieron siendo el hilo.

—Desde Francia —continuó—, escribí a María. No sabía siquiera si le llegaría la carta. Escribí en una mesa coja de una posada, con la vela casi agotada, cuidando que la tinta no se corriera en el papel barato. Le conté la huida a grandes rasgos, sin adornos. Le dije que la culpa se repartía entre muchos, pero que en los papeles, seguro, me la habrían cargado a mí entero. Le pedí perdón por haberla metido en un torbellino y le repetí lo que le había escrito tantas veces: que, si alguna vez se veía completamente sola, yo seguía dispuesto a darle mi nombre, aunque ese nombre estuviera manchado en su tierra.

La respuesta tardó en llegar. Cuando lo hizo, venía de otro mundo.

—Me escribió desde el convento —dijo—. La carta me llegó por mano de una monja compasiva que se arriesgó a sacarla. Todavía recuerdo la letra apretada, como si quisiera decir mucho ocupando el menor espacio posible, y las manchas de humedad en las esquinas, señal de que había pasado por más de un hábito antes de salir del torno. Me contaba lo que ya sospechaba: que la habían encerrado allí, que el nuevo barón había hecho correr la versión que le convenía, que en todos los corrillos se hablaba de «la hija que había perdido el juicio por un oficial sin fortuna». No mencionaba la palabra vergüenza, pero estaba en cada línea.

Suspiró.

—A pesar de eso —añadió—, no se quejaba. Decía que había aceptado la clausura como quien acepta una penitencia que no entiende del todo. Que su única libertad estaba en las cartas, siempre que alguna hermana se prestara a hacer de correo. Me pedía, de nuevo, que no hiciera locuras. Y, al final, decía pocas palabras que bastaban: que seguía queriéndome y que no se arrepentía de lo que habíamos sido, aunque el mundo lo llamara pecado.

Fue entonces cuando él escribió la carta definitiva.

—Le propuse matrimonio por escrito —resumió—. Con todas las letras que pude. Le dije que no podía ofrecerle castillos ni honores, sólo mi trabajo y lo poco que ganaba cada día. Que nuestra vida, si se decidía a salir del convento, no sería cómoda. Que pasaría frío, pasaría hambre y pasaría miedo. Pero que, al menos, no estaría sola entre paredes donde todo el mundo la miraba como a una culpable. Le dije que, si quería, vendría a buscarla hasta la puerta del convento; que, si no, podía intentar pedir permiso a sus superiores para salir a un lugar neutro. No sabía qué respondería, ni si podría responder.

La contestación llegó meses después.

—Aceptó —dijo el anciano, con una mezcla de orgullo y pena—. Con todas las reservas que podía poner una mujer en su situación. Me escribió que había hablado con la abadesa, que esta, conocedora de parte de la historia, la había tratado con más misericordia que muchos parientes. «Si has de ser infeliz —le había dicho la monja, según contaba María—, que al menos lo seas por decisión propia y no porque otros lo han decidido por ti». Tras muchas gestiones, había logrado que se le permitiera salir del convento con la condición de que no volviera al castillo ni reclamara nada de la herencia. Oficialmente era como si hubiera muerto, para mí, empezaba a vivir de nuevo.

Hizo una pausa breve y cambió ligeramente el tono, como si pasara del resumen a la escena misma.

—Nos vimos en una pequeña ciudad de Francia —explicó—, lejos de las tierras de Belfor. La mañana era gris y había neblina sobre los tejados. Yo llegué antes de la hora convenida y esperé frente a la parroquia, apoyado en la pared, viendo entrar y salir a mujeres con cántaros y a niños con la cartera de la escuela. Cuando por fin apareció, venía caminando despacio, con una monja a su lado. La hermana llevaba el velo bien puesto y la mirada dirigida hacia el suelo; María, en cambio, miraba al frente, como quien ha decidido no volver la vista atrás. Llegó con una monja que la acompañó hasta la puerta de la parroquia. Venía más delgada, con la piel más pálida y con el cabello oculto bajo un velo sencillo. Pero era ella. Cuando nos vimos, no hubo grandes escenas. Nos miramos, la monja se apartó un paso con discreción, nos dimos la mano y, sin perder tiempo, fuimos a hablar con el cura.

Sonrió apenas.

—El párroco no sabía qué hacer con dos extranjeros que traían una historia tan complicada —recordó—. Nos miraba por turno, como si quisiera encontrar en nuestras caras la parte que no salía en las palabras. Nos hizo sentar en un banco de madera, sacó un registro viejo y preguntó por nuestros nombres, por nuestros padres, por si había promesas hechas en otra parte. Cuando oyó hablar de castillos, de sentencias y de conventos, se persignó sin escándalo, como quien oye una desgracia lejana. Tras escucharnos, hizo las preguntas que exigía la Iglesia, comprobó que no había impedimentos jurídicos que él pudiera ver y accedió a casarnos. La boda fue en una misa de diario, sin música especial, con dos vecinos como testigos. Uno era un zapatero que había ido a encargar una novena; el otro, un viejo sacristán que firmó gustoso a cambio de unas monedas para un vaso de vino. No hubo más adorno que la seriedad con que nos dijimos el «sí» delante del altar. Cuando el cura pronunció las últimas palabras del ritual, María apretó un momento mi mano, como si comprobara que aquello no era un sueño.

No hubo banquete.

—Después —añadió— nos fuimos a una habitación que yo rentaba en una casa pobre. Subimos una escalera estrecha que olía a col hervida, con las paredes manchadas por años de manos. Allí empezamos a ser lo que no nos habían dejado ser en Belfor: marido y mujer, sin más ornamento que un colchón, una mesa y un candil. Ella dejó atrás un apellido grande para tomar el mío, que entonces no valía nada. A mí eso me pesaba, pero no se lo decía. La primera noche, cuando apagamos el candil, oí que rezaba en voz baja, en la lengua de su infancia y también la mía; al terminar, añadió en francés unas palabras torpes pidiendo que, al menos, nunca nos faltara el pan de cada día.

Llegó luego el hijo.

—A los dos años nació nuestro niño —continuó—. El que luego sería el padre de Juan. Lo bautizamos con un nombre sencillo, que sirviera igual en francés que en alemán, porque ya entonces yo empezaba a pensar que nuestra vida no se quedaría en Francia. Verle en brazos de María fue, quizá, el único momento en que ella pareció olvidar de veras el peso del pasado. Sonreía como una muchacha, no como una mujer marcada. En la pila bautismal, el cura derramó el agua con tanta parsimonia como si se tratara de un hijo de comerciantes ricos; al salir, una vecina le arregló el pañuelo a María y dijo que el niño, con sus largas pestañas, tenía los ojos más bonitos que había visto nunca.

Las dificultades materiales, sin embargo, no desaparecieron.

—Vivíamos al día —admitió—. Yo seguía encadenando trabajos pequeños. Algo de guarda en almacenes, algo de peón en obras y algún encargo de escritura para comerciantes que necesitaban cartas en alemán y en francés. Ella cosía, remendaba para casas mejores, cuidaba de nuestro hijo y de algún enfermo a cambio de unas monedas. No nos moríamos de hambre, pero tampoco sabíamos nunca cómo sería el mes siguiente. Había semanas buenas, en que podíamos comprar un poco de carne y algo de vino, y otras en que la sopa era más agua que otra cosa y el pan se racionaba en tajadas finas.

Miró la cruz bajo el álamo.

—Y, sin embargo, en esos años —dijo—, ella fue tan fiel como había prometido. Nunca me echó en cara la pobreza. Nunca dijo que se arrepentía de haber salido del convento. Lo único que nunca se le borró fue la melancolía. Había días en que la encontraba mirando por la ventana, como si viera a través de las casas de la calle el río de su infancia y las torres del castillo. Nunca me habló mal de su padre. Decía que había hecho lo que creía que debía, aunque se hubiera equivocado. Alguna noche, cuando el niño ya dormía, me pedía que le contara cómo estaba el cielo sobre Belfor en invierno, si todavía lo recordaba; y se quedaba callada, como si escuchara caer la nieve sobre los tejados.

Loaisa intervino con cautela.

—¿Y cómo apareció España en ese camino? —preguntó—. ¿Cómo pasaron de esa vida en Francia a estas colonias?

El anciano asintió, como quien esperaba la pregunta.

—Por necesidad y por papel —respondió—. Necesidad, porque en Francia no levantábamos cabeza. No era país para dos exiliados con un niño y sin oficio claro. Papel, porque un día llegó a nuestras manos un folleto.

Recordó con precisión el pliego.

—En la taberna donde yo a veces hacía de intérprete para comerciantes extranjeros —explicó—, apareció un día un hombre que venía de España. Traía noticias de unas «nuevas poblaciones» que se estaban fundando en Sierra Morena. Enseñó un papel impreso, cuyas primeras palabras todavía recuerdo: *«Bienfaits de sa majesté catholique…»*; en este se hablaba de campos fértiles, casas nuevas, herramientas, ganado y exenciones de ciertos impuestos para los que fueran a poblar. El rey de España buscaba familias laboriosas, casadas, preferiblemente de fuera, que quisieran asentarse. Pagaba el viaje y prometía tierras propias. El hombre lo leía en voz alta, con acento francés, y los parroquianos se iban acercando, cada uno con su miseria a cuestas, como moscas al olor de una fruta rara. Al acabar, dejó el pliego sobre la mesa y dijo que, si alguno sabía leer mejor que él, que lo revisara; yo fui de los primeros en cogerlo.

Se encogió de hombros.

—Al principio pensé que sería una exageración —dijo—. Pero ese hombre llevaba más pliegos. Uno de ellos lo dejó en la taberna, para que los que supieran leer lo vieran y lo comentaran. Yo lo leí de principio a fin. Venía firmado por un militar bávaro al que el rey de España le había encomendado la recluta de alemanes y flamencos. No parecían palabras de un charlatán, sino un documento serio. Al día siguiente, el propio agente se presentó en la sala del fondo y empezó a tomar nombres: preguntaba si uno estaba casado, cuántos hijos tenía y si sabía trabajar la tierra. Cuando me oyó hablar alemán, me miró con más interés; cuando dije que venía de familia de soldados, puso una mueca que no supe leer entonces.

Llevó la mano al bastón, mientras suspiraba y con la cabeza negaba levemente, aunque sin explicar el motivo.

—Esa noche —continuó—, se lo conté a María. Le hablé de un país de sol, de tierras por repartir y de una ocasión de empezar de nuevo donde nadie conociera nuestro pasado. Ella escuchó en silencio. Cuando terminé, me dijo dos cosas: que no quería que nuestro hijo creciera viéndonos en esa miseria incierta y que le daba miedo cruzar medio mundo para acabar en una trampa. En las dos cosas tenía razón.

La decisión no fue inmediata.

—Tardamos semanas en convencernos —recordó—. Pesamos lo poco que teníamos en Francia: una habitación alquilada, algunos muebles pobres y una red de conocidos que no llegaba a amigos. Lo pusimos frente a lo que se ofrecía en las colonias: una casa, una parcela de tierra, animales domésticos, varias exenciones y privilegios, y un marco donde nuestros hijos serían dueños de lo que trabajaran. Al final, prevaleció lo mismo que nos había movido a unirnos: la idea de que valía la pena arriesgarse por una vida más limpia, aunque costara. Un día, sin más discurso, María dobló cuidadosamente la ropa del niño, la metió en un hatillo y dijo: «Si hemos de empezar de nuevo, mejor ahora que cuando sea tarde».

Se permitió una sonrisa breve.

—No fue un arrebato de aventura —aclaró—. Fue un cálculo triste. Sabíamos que, allí donde fuéramos, no volveríamos a ser lo que habíamos sido de niños. Mejor, entonces, buscar un sitio donde nadie esperara de nosotros que lo fuéramos.

El viaje fue largo, incluido un recorrido por un mar que ni María ni él habían visto antes.

—Salimos con un grupo de familias parecidas —contó—. Alemanes de distintas regiones, algún francés venido a menos y alguna viuda con hijos. Nos reunieron en una ciudad donde se organizaban las partidas. Había agentes de Thürriegel que tomaban nota de los nombres, las edades y las profesiones. Nos anotaron como campesinos, aunque yo sólo me había acercado al campo en las temporadas de caza de Belfor. No convenía decir que uno era oficial huido. María, en esos papeles, quedó reducida a «esposa».

Cruzaron Francia hacia el sur.

—Fuimos bajando, pueblo tras pueblo, en carros y a pie —prosiguió—. Nuestro hijo, entonces de un par de años, se dormía sobre las sacas o en brazos de su madre. A veces, al pasar por algún pueblo grande, la gente nos miraba como se mira a una caravana de gentes sin patria clara. Seguimos hasta el puerto de Sète, donde embarcamos en una tartana que nos llevó a la ciudad de Almería; fue la primera vez que María vio el mar: se quedó un rato largo mirando aquella agua que no acababa nunca y dijo que, comparado con eso, el río de su castillo parecía un simple canal de riego. El barco olía a brea, a cuerda húmeda y a cuerpos apretados; muchos vomitaban al primer vaivén, y el niño se agarraba a mi cuello como si el balanceo fuera a llevárselo. María, pálida, no se quejó ni una sola vez. Y desde allí hicimos el recorrido a pie durante dos semanas hasta La Gran Carlota, que así era conocida entonces esta colonia.

Lo más duro no fue el paisaje, sino la lengua.

—En España —dijo—, todo sonaba distinto. Con razón en mi patria, cuando algo es extraño o sospechoso, decimos: «*Das kommt mir spanisch vor*»[3]. Yo chapurreaba unas palabras aprendidas en cuarteles, pero poco. María se manejaba menos. Nos entendíamos con gestos, con la ayuda de intérpretes que la propia administración proporcionaba. El aire era más caliente, el sol más fuerte y la luz más clara de lo que habíamos visto. A ella le pesó al principio; luego se acostumbró, como se acostumbra uno a casi todo. El niño, en cambio, aprendió antes que nosotros: fue de los primeros en pedir agua diciendo «agua» y no «*Wasser*», y los otros colonos se reían de cómo mezclaba las sílabas.

Llegaron, por fin, a las tierras de las nuevas poblaciones.

—Cuando vi por primera vez estos campos —recordó el anciano, mirando a su alrededor, aunque ahora sólo viera cruces y tapias—, no se parecían a lo que ve usted hoy. Había tramos de monte sin clarear, pocas casas levantadas, mucho polvo y pocas sombras. El camino era más peligroso, las ventas peores y las cruces al borde de la vereda más numerosas. Pero también se veía el trabajo empezado: algunos olivos plantados, los

---

[3] «Esto me huele raro / me parece muy extraño».

cimientos de la iglesia y los primeros pozos para proporcionar a los colonos ese recurso tan valioso aquí: el agua.

La entrega de la casa fue un acto seco.

—Nos reunieron en La Carlota —explicó—. Allí un oficial de la Corona, con lista en mano, fue llamando a cada familia. Al que venía solo, se le daba poco. Al que venía con mujer y con hijos, algo más. A nosotros nos asignaron una casa pequeña junto al camino y una suerte de tierra a su espalda. Nos dieron también algunas herramientas y unos animales flacos que, con trabajo, se hicieron mejores. Firmé con la mano que en Belfor empuñó una espada; aquí, lo que empuñaba eran útiles de labranza. Recuerdo el momento en que nos llevaron a ver la casa: cuatro paredes encaladas a medias, techo nuevo que todavía olía a madera fresca y un suelo de tierra apisonada donde el niño empezó a correr como si fuera un palacio. María pasó la mano por el quicio de la puerta, miró el corral vacío y dijo sólo: «Al menos, esta puerta nadie nos la puede cerrar desde fuera».

Se quedó un momento en silencio. El viento movía las hojas del álamo, como si subrayara la distancia entre aquel primer día y el presente.

—Ella —añadió— aceptó todo eso con más dignidad que muchos hombres. Nunca dijo que la casa le pareciera pequeña. Nunca comparó estos olivares con los viñedos de su infancia. Sólo me pidió una cosa: que, si algún día nuestros hijos preguntaban por el pasado, les dijera que su abuela venía de un lugar lejano, pero que no les hablara de maldiciones ni de muertes en salones. Que los dejara ser labradores sin fantasmas del pasado.

Apoyó la mano en la cruz de madera.

—Veinte años vivimos aquí juntos —concluyó—. Veinte años en los que levantamos paredes, cavamos surcos y enterramos más de una ilusión. De esos años tengo que hablarle todavía.

Pero eso será otro día. Hoy ya hemos bajado bastante por el río de la memoria.

Loaisa asintió. Comprendía que cada tramo de la historia exigía su propio descanso.

—Cuando usted quiera —dijo—, seguiremos.

El anciano se puso en pie, con ayuda de la muleta y del brazo de Loaisa. Dejó que la vista se detuviera un momento más en la cruz de María y se volvió hacia la puerta del cementerio.

—Vamos —dijo—. Los muertos ya nos han oído bastante por hoy.

Salieron de nuevo al camino de tierra que conducía al pueblo. A cada paso, Loaisa sentía con más claridad que aquel hombre, que para todos en La Carlota era un colono más, llevaba sobre los hombros una vida que habría llenado por sí sola más de un legajo de los que él pensaba escribir y autenticar algún día.

15
Dos décadas en el sur

Tuvieron que esperar un par de días antes de volver al cementerio. El cuerpo del viejo marcaba el ritmo: una tarde amaneció con las piernas pesadas, otra hubo que atender unas pequeñas urgencias en la casa. Loaisa, que ya había aprendido la disciplina de la paciencia, no apremió. Sabía que, con Campel, las cosas llegaban cuando podían, no cuando uno las pedía.

Por fin, una tarde de cielo claro y calor algo más llevadero, cruzaron de nuevo el camino real, rodearon las últimas casas y llegaron a la tapia encalada. La puerta de madera cedió con el mismo crujido. Se sentaron en las mismas piedras que las veces anteriores. El anciano se tomó un momento largo en silencio, como quien mira no sólo la tierra, sino todo lo que hay debajo.

—Le dije el otro día —empezó al fin— que vivimos veinte años aquí juntos, antes de que ella viniera a parar a este sitio. Dos décadas dan para mucho y para poco. Para levantar una vida desde cero y para ver cómo se gasta una parte de lo que uno traía dentro.

Hizo un gesto con la mano, abarcando un espacio que sólo él parecía ver.

—Cuando llegamos —continuó—, esto no era como lo ve ahora. Había casas levantadas, sí, pero muchas eran aún sólo cimientos o paredes sin tejar. La Gran Carlota era más intención que realidad. A nosotros nos tocó una vivienda en el camino, con cuatro paredes encaladas, techo nuevo y suelo de tierra apisonada. Tenía puerta a la calle, un cuarto al fondo y un corral pequeño detrás. Nada comparado con las salas altas de Belfor, pero era nuestro. Nadie podía echarnos de allí por un capricho.

María, al principio, sufrió el cambio.

—Ella venía de otra vida —dijo—. No tanto por el lujo, que tampoco sobraba en el castillo, sino por las costumbres. Aquí, el sol entraba a la casa sin pedir permiso, el polvo se colaba por todas partes, las vecinas llamaban a la puerta sin avisar para pedir un poco de sal o de masa madre para amasar; incluso algún viajero sediento paraba a pedir un poco de agua. En Belfor, todo estaba más aislado. Le costó hacerse a ese ir y venir de gentes.

No se quejó, sin embargo.

—Nunca la oí decir que se arrepentía —aclaró—. Tenía una educación que le permitía medir las palabras. Pero se le notaba. En los primeros meses, el calor la dejaba sin fuerzas. Se mareaba al colgar la ropa al sol. El idioma la aislaba. Entre colonos alemanes y españoles, cada uno hablaba a su manera. Yo, que chapurreaba varias lenguas, hacía de puente. Ella aprendió más castellano del que creía posible, pero siempre con acento de fuera.

El trabajo fue su escuela principal.

—No habíamos sido labradores de verdad —reconoció—. Yo conocía el campo de las cacerías y de las vendimias, pero no el trabajo diario de la tierra. Aquí aprendí a manejar el arado, a podar olivos o a entender cuándo una siembra está perdida antes de ver la espiga. Lo hice mirando a los que sabían, preguntando, equivocándome. Ella, mientras tanto, se ocupaba de la casa y del huerto. Plantaba legumbres, cuidaba de las gallinas, hacía pan cuando había harina y sopa cuando había poco más que agua.

El hijo creció en medio de esa adaptación.

—Nuestro niño —dijo, con una sombra de orgullo— se hizo colono desde el principio. Creció oyendo varias lenguas y, sin embargo, la suya fue pronto el castellano. Jugaba con hijos de alemanes y de andaluces, pero en la calle todos gritaban igual. A veces, al oírle, María sonreía con algo de tristeza. Decía que era mejor así, que el niño perteneciera donde estaba y no a un lugar al que ya no volveríamos.

Hubo un día, recordó, en que dejaron las cosas claras entre ellos.

—Una noche —contó—, después de acostar al pequeño, me dijo: «No quiero que sepa lo que fuimos allí. No le servirá más que para desasosegarle. Que sepa que su madre venía de lejos y que tenía sangre distinta, si eso le consuela algún día. Pero nada de castillos ni de sentencias, o de tíos propietarios de castillos y de tierras y bosques hasta donde el horizonte. No quiero que cargue con maldiciones ajenas».

Suspiró.

—Y yo se lo prometí —añadió—. Prometí que, mientras él viviera, yo sería sólo lo que aquí ven: un Campel colono, con su suerte de tierra y sus deudas con la Real Hacienda. Nada más. El resto, al cajón. Esa promesa la he cumplido. Ni él ni sus hijos saben de dónde viene el escudo que había en el anillo que usted vio en mi mano.

Los años se fueron llenando de tareas repetidas.

—Los primeros inviernos fueron duros —continuó—. El frío en estas tierras no es como el del norte, pero cala igual cuando se tiene poca ropa y las paredes son nuevas. La lluvia, cuando viene, lo hace con ganas. Algunas veces, el agua se colaba por el techo porque la teja no estaba bien sentada. Teníamos que subir al amanecer para arreglar lo que el viento había movido. En verano, el sol apretaba tanto que el campo se trabajaba al alba y al anochecer. En medio del día, uno se refugiaba donde podía.

Las noticias de fuera llegaban atenuadas.

—Sabíamos que algo se movía en el reino —dijo—. Llegaban rumores de cambios en la Corte, de guerras en sitios que ninguno de nosotros veía, de reformas que se hacían y se deshacían. Pero el Fuero nos protegía en parte. Teníamos nuestras propias ordenanzas, nuestros propios alcaldes, nuestro modo particular de repartir las cargas. Los problemas grandes del Estado llegaban filtrados, como si la colonia fuese una isla en mitad de un río agitado.

María no participaba en los asuntos de reglamentos ni de contribuciones. Su preocupación estaba en otros lados.

—Ella se ocupaba de que en la casa no faltara lo imprescindible —explicó—. Y de que el niño no creciera con la cabeza llena de historias que luego no pudiera sostener. Le enseñaba a leer con un catecismo, le hacía repetir oraciones, le corregía la manera de tratar a los mayores. Cuando podía, cantaba alguna canción de su tierra, pero cada vez menos. Decía que no quería llenarle los oídos de sonidos que luego echaría de menos.

A los ojos de los vecinos, parecía una mujer reservada, algo triste pero cumplidora.

—Aquí —dijo— todos la conocían como «la alemana de Campel». La veían como una colona más, algo callada, que iba a misa, que ayudaba cuando se la llamaba, que no levantaba la voz. Entre las mujeres de la colonia, eso bastaba para ser respetada. Alguna vez, alguna curiosa preguntó por su familia. Ella respondía con generalidades: que venía de muchos más lejos que otros colonos alemanes, que la guerra la había traído aquí, que Dios sabría por qué. Nadie insistió mucho. La gente pobre tiene bastante con sus propios asuntos.

Por dentro, sin embargo, los recuerdos no se apagaron.

—Nunca dejó de viajar por dentro a su país —admitió el anciano—. Había noches en que la encontraba despierta, mirando al techo. Cuando le preguntaba qué le pasaba, me decía: «Estaba oyendo el ruido del río». Yo sabía qué río era, aunque aquí no pasara ninguno tan grande. Otras veces, se quedaba en silencio cuando alguien hablaba de padres o de hermanos. No quería que la compadecieran, pero no era de piedra.

La enfermedad llegó sin grandes anuncios.

—Una primavera —recordó—, empezó con una tos que no se iba. Pensamos que sería cosa del polvo de las eras o de algún resfriado mal curado. Luego vinieron las fiebres, las noches sudando y el cansancio que no se quitaba ni en los días de menos trabajo. El médico de la colonia, que no era más que un cirujano con poca ciencia y buena voluntad, habló de «tisis» y de «pecho delicado». Dijo que lo mejor era descanso, buena alimentación y paciencia. Eso último fue lo único que pudimos darle con cierta abundancia.

El hijo ya era un muchacho en edad de casar cuando la enfermedad se agravó.

—Nuestro hijo mayor —dijo— tenía entonces edad para entender que su madre estaba enferma, pero no para comprender del todo lo que eso podía significar. Sabemos que las madres de otros se van, pero olvidamos o no queremos asumir que también la nuestra lo hará. Ella procuraba que no la viera en los peores momentos. Se arreglaba el cabello, se ponía un pañuelo limpio y le hacía leer en voz alta salmos o historias de santos como cuando era un niño. A veces se le cortaba la respiración a mitad de la lectura, pero decía que era el humo del candil. Él fingía creerla.

Hubo un último diálogo que se le quedó grabado para siempre.

—Una tarde —contó—, cuando ya se veía que aquello no tenía marcha atrás, me pidió que me sentara a la cabecera. El chico había salido con otro muchacho a llevar agua a unos árboles frutales que habían sembrado en la linde. Aprovechó ese rato para decir lo que quería. Me tomó la mano con la poca fuerza que le quedaba y me repitió lo que ya me había hecho prometer antes, pero con más urgencia: que no desenterrara nunca delante de nuestros hijos la historia de Belfor. Que, si me pesaba a mí, me lo guardara para mí y para Dios. Que lo único que quería era que ellos fueran hombres de bien en esta tierra, sin compararse con nadie.

Se le quebró un poco la voz, pero la recuperó.

—Luego me habló del anillo —añadió—. Me dijo: «Guárdalo. No por mí, sino por lo que significó. No lo vendas nunca, a no ser que de ello dependa la vida de uno de los nuestros. Entonces, hazlo sin remordimiento. Para eso están las cosas: para servir cuando más falta hacen». Aquello me pareció entonces una frase, pero ya ve usted que no lo era.

Murió poco después, sin estrépitos.

—Fue en una noche tranquila —dijo—. De lluvia pero sin tormenta y sin viento. Se quedó dormida, respirando cada vez más despacio, y en un momento dejó de hacerlo. Yo estaba allí, sentado. Nuestro hijo mayor dormía en el cuarto de al lado y los otros dos más pequeños, que ya habían nacido en La Carlota, en la sala. Al amanecer, tuve que decírselo. No se me olvidará nunca cómo me miraron cuando entendieron que las cosas que se van no vuelven. Esa mirada se me ha repetido otras veces con otros familiares, pero nunca como aquella primera.

El entierro fue sencillo, como todos allí.

—La sacamos de casa en una caja de madera sin adornos —recordó—. Fuimos en comitiva pequeña: algunos vecinos, el capellán, mi hijo mayor y yo. La trajimos hasta este cementerio, el mismo que pisa ahora. Don Pedro Cabello del Pino rezó lo que tocaba. Algunos colonos alemanes murmuraron oraciones en nuestra lengua. La tierra la cubrió deprisa, porque no es bueno alargar mucho esos momentos. Cuando terminó, todos regresaron. Yo me quedé un poco más, sin saber muy bien qué hacer con las manos.

Fue entonces cuando pensó en el árbol.

—Al día siguiente —continuó—, fui a un arroyo que hay más allá de las suertes del norte. Allí crecen álamos blancos con los que se reponen los árboles que se secan en la hermosa alameda de La Carlota. Arranqué uno pequeño, con cuidado, con un poco de tierra en las raíces. Lo traje aquí, cavé un hoyo junto a la fosa y lo planté. Algunos me miraron raro: no era costumbre plantar árboles que no fueran cipreses dentro del camposanto. Pero nadie me lo prohibió. Con el tiempo, el árbol echó raíces, creció y dio sombra. Cada año le podaba lo seco, le quitaba la maleza de alrededor. Los niños de mi casa aprendieron desde chicos que allí estaba enterrada su madre y abuela, y que ese álamo era cosa suya.

Miró hacia arriba. La copa, ahora, dejaba pasar un claro de luz entre las hojas.

—Desde entonces —dijo—, ella ha tenido siempre sombra, aunque el sol caiga en lo más alto. Y yo he tenido un lugar donde venir a hablar con alguien que entiende de silencios. En estos bancos improvisados he ordenado muchas veces las cuentas de mi vida. Hoy, por primera vez, las estoy diciendo en voz alta delante de otro que no sea Dios.

Guardó silencio unos instantes. El cementerio parecía escuchar.

—Después de que ella murió —añadió al fin—, mi vida se redujo a lo que ve: trabajo en la suerte, misa los domingos, cuidado de mi hijo y, luego, de mis nietos. Nada fuera de lo común. Lo extraordinario había pasado antes, en esos años que le he contado. Lo demás ha sido cumplir con lo que debía, sin dar que hablar más de la cuenta.

Se volvió hacia Loaisa.

—Por eso —explicó—, cuando hace unos días saqué el anillo del cofre y se lo di a Juan para que lo convirtiera en dinero, no sentí que traicionaba a nadie. Había llegado el caso que ella había previsto: la libertad del nieto dependía de esa pieza. Ya había hecho su papel de recuerdo. Tocaba hacer de llave. Sólo me dolió que fuera a manos de un platero que lo fundirá sin saber lo que se lleva por delante. Pero ese es el destino de casi todas las cosas: se olvidan de dónde venían.

Se incorporó un poco, apoyando la mano en la muleta.

—Eso es todo —dijo—. Lo que vino después, usted ya lo ha visto con sus propios ojos: la boda de mi nieto, el oficio del alguacil, el viaje a Sevilla y su venta. Lo de antes sólo lo sabía yo. Ahora lo sabe también usted. Con eso me basta.

Loaisa sintió el peso de esas palabras como quien recibe un legajo que no está escrito en papel, sino en memoria. No respondió de inmediato. Miró la cruz de madera, la tierra, el tronco del álamo.

—Gracias —dijo al fin—. No sé si algún día escribiré de esto o si se quedará conmigo a solas. Pero sé que no se perderá del todo. Ya no es una historia encerrada en un solo pecho.

El anciano asintió, satisfecho.

—Con eso me doy por pagado —respondió—. Lo demás no me importa. A mis años, que se acercan ya más a los cien que a los noventa, yo ya estoy más cerca de este hueco que de la silla del patio. Demasiado bien estoy para lo que es habitual a mi edad. Lo que de mí quede cuando me entierren será cosa de Dios y de mis nietos. Usted sólo tiene que hacer una cosa: no repetir delante de ellos lo que ha oído aquí. Déjelos como están, que sean buenos labradores y buenos colonos. No les servirá de nada saber que su sangre viene mezclada con la de un barón muerto.

—Lo prometo —afirmó Loaisa.

Se levantaron despacio. Al salir del cementerio, el sol declinaba sobre el perfil blanco de La Carlota. El álamo quedó detrás, plantado en el único lugar donde la vida de Campel y la de

María, con sus dos mitades (la de los castillos y la de campos de sus suerte), se tocaban en paz.

16
En el cuarto de arriba

Aquella tarde, el calor volvió a apretar como en los primeros días. El aire quedaba inmóvil sobre los olivares y los rastrojos apenas arados, y el polvo del camino se pegaba a la piel. Loaisa regresó a la posada con la sensación de haber pasado demasiadas horas entre conversaciones graves y paseos lentos. El cuerpo se le había repuesto de la fiebre, pero el cansancio seguía siendo más moral que físico.

En el zaguán, Bartolomé discutía con un trajinante sobre el precio de unas sacas de grano. En la cocina, Rosa vigilaba una olla, con el delantal, impoluto como siempre, recogido a la cintura. El ruido de la casa tenía algo de consuelo rutinario después de los silencios del cementerio y de la casa de los Campel.

Loaisa subió a su cuarto mientras Rosa anunciaba que la cena estaría lista en un rato. El pasillo estaba bastante oscuro, iluminado solo por una franja de luz del atardecer que entraba por la ventana del fondo. Empujó el picaporte con la misma costumbre de siempre. Dentro, alguien estaba de pie junto a la cama. Era Ana. Llevaba el delantal atado, la falda un poco recogida para no rozar el suelo húmedo, y sostenía en la mano un candil encendido. Sobre la silla, dobladas, había unas sábanas; en la cómoda, sus pocas cosas estaban ordenadas con un cuidado que no era el suyo. Al oír la puerta, se volvió de golpe. La sorpresa les duró un segundo, menos que la primera vez.

No necesitaban fingir que era un encuentro casual. Los dos sabían que ya habían estado juntos a solas en aquel cuarto y que, desde entonces, evitaban quedarse solos en cualquier rincón de la casa más de lo estrictamente necesario.

—Pensé que tardaría más —dijo ella, apagando un poco la llama con el dedo en la piquera del candil—. La señora me dijo que subiera a dejar esto antes de que oscureciera.

Loaisa se quedó en el marco de la puerta, sin entrar del todo.

—He salido al pueblo con don Juan Campel —explicó—. Hoy nos hemos retrasado más que otros días.

Cerró la puerta con suavidad y avanzó unos pasos. Ana dejó el candil sobre la cómoda. La luz temblorosa dibujó sombras en las paredes encaladas. El cuarto olía a jabón y a ropa limpia, como tantas otras noches.

—Si quiere, me voy enseguida —añadió ella—. Sólo me faltaba poner la manta.

—No tenga prisa —respondió él—. Puedo esperar.

No era una frase inocente. Se quedó de pie, a poca distancia, sin buscarla ni apartarse. Ana alisó la manta con las manos, tal vez más despacio de lo necesario. Cuando terminó, se volvió hacia él. Sus ojos azules, tan claros, lo miraron sin esquivar.

—No deberíamos estar aquí los dos —murmuró—. Otra vez.

El «otra vez» quedó flotando, con todo lo que arrastraba. Loaisa no lo rebatió.

—Lo sé —dijo—. Pero tampoco podemos hacer como si no nos conociéramos.

Hubo un silencio breve, cargado de cosas que ninguno había dicho en los días anteriores. Ana se sentó en el borde de la cama, sin invitarlo a hacer lo mismo, pero sin impedírselo. Él se acomodó a su lado, guardando una distancia mínima, suficiente para que los hombros casi, pero no del todo, se tocaran.

—La otra noche… —empezó ella, sin terminar la frase.

—La otra noche pasó lo que pasó —completó él, con calma—. No voy a fingir que no lo recuerdo.

Ana apretó los dedos sobre la tela del delantal.

—No puedo irme con usted —dijo de pronto, como si necesitara sacarlo cuanto antes—. Aunque lo pensara. Aunque usted lo quisiera, que no digo que lo quiera. No puedo.

Loaisa guardó silencio, dejando que siguiera.

—Soy la única que les queda a mis padres —explicó—. Mi padre ya no está para muchas fatigas, y mi madre… tiene días que no se levanta de la cama. Si me marcho, aunque sea casada, ¿quién se ocupa de ellos? Mis hermanos se fueron hace tiempo. Uno está en Córdoba; el otro, dicen que en Sevilla. Aquí sólo quedamos ellos y yo. No voy a dejarlos al cuidado de cualquiera sólo porque un forastero haya pasado por la posada y me haya mirado dos veces.

Lo dijo sin melodrama, con una claridad que dolía más que cualquier lamento.

—Además —añadió—, yo sé hacer lo que sé hacer. Llevar esta casa, la de mis padres, el lavado y la cocina. No sé cómo se vive en Madrid ni en los pueblos grandes. No sabría seguirlo, y no quiero ser carga de nadie. Bastante tienen mis padres con lo suyo; si algún día salgo de aquí, que sea con los pies firmes y sabiendo a dónde voy.

Loaisa asintió despacio. Sus propias razones no eran menos sólidas, aunque en los últimos días hubiera sentido la tentación de olvidarlas.

—Tampoco yo puedo quedarme —admitió—. No soy colono, Ana. Ni sabría serlo. Lo he visto estos días: los Campel, los demás… Están hechos a esta tierra. Yo he vivido entre Cádiz y Madrid, entre libros y papeles. Cuando intenté ser comerciante con mis tíos, no encajé. Me pesaba el trato con las bultas más que con los asientos. Ahora, por fin, tengo delante algo que se parece a un destino claro: el examen, buscar una plaza y un tener oficio.

Se pasó una mano por la frente.

—Soy huérfano desde hace años —continuó—. Mis tíos me han criado y han pagado mis estudios. Aunque tienen hijos propios, no poco de lo que han ahorrado lo han puesto en que yo salga adelante; por lo que el trato con mis primos es bastante tirante… supongo que piensan que les disputo lo que es suyo. Si ahora les escribo diciendo que me quedo en un pueblo de camino porque he conocido a una muchacha, lo que rompo no es sólo mi plan, sino el suyo.

Ana lo miró de reojo, con una mezcla de comprensión y amargura resignada.

—No le pido que se quede —dijo—. Ni que me lleve. Sólo quería que lo dijéramos en voz alta. Para no engañarnos.

Se quedaron un rato así, en silencio, escuchando el ruido lejano de la posada: platos, voces, un portazo, algún grito apagado en el corral. La vida seguía abajo, indiferente a la conversación del cuarto de arriba.

—Lo que pasó la otra tarde —añadió ella, al cabo—, fue bonito. No sé si en Madrid usan esa palabra. Yo no me arrepiento, aunque todos esperen que una mujer jamás sucumba al pecado antes del altar. Lo que no quiero es que se repita para luego irnos cada uno por nuestro lado como si nada. No soy mujer de estar esperando en la ventana a ver si vuelve un señor de Madrid, ni quiero que mis padres tengan que bajar la cabeza cuando vayan por la calle o estén en el mercado. Si me caso, será con alguien a quien pueda ver entrar y salir del patio todos los días, no con un recuerdo.

Lo dijo con una dignidad sencilla, sin reproche.

—Yo tampoco quiero marcharme con la sensación de estar robando algo que no puedo ya devolver —respondió Loaisa—.

Ni a usted, ni a sus padres, ni a mis tíos. Bastante he tomado ya: su tiempo, su confianza... y su secreto.

Ana esbozó una sonrisa muy tenue.

—El secreto es de los dos —corrigió—. Y del cuarto.

Se permitió entonces un gesto breve: apoyó la mano sobre la de él, que descansaba en la manta. No la estrechó con fuerza, sólo la cubrió, como quien constata la presencia de alguien antes de despedirse. Loaisa cerró los dedos un instante, respondiendo al contacto.

—Cuando se vaya —preguntó ella, sin mirarlo—, ¿se acordará de aquí?

—Más de lo que imagina —contestó—. De usted, y de otras cosas.

—De los Campel, de don Manuel, del camino... —enumeró Ana.

—Y del álamo del cementerio —añadió él—. Y de una muchacha muy bonita que subía a los cuartos con un candil.

Ella inspiró hondo, como para fijar la escena en su propia memoria.

—A mí me bastará con saber que le ha ido bien —dijo—. Si un día vuelve y pasa por delante de la posada, no hace falta que pregunte por mí. Si estoy, lo veré; y si no, ya no hará falta.

Se levantó entonces, recogió el candil y lo acercó a la puerta. La luz osciló en la pared.

—Tengo que bajar —concluyó—. Doña Rosa me andará buscando.

Loaisa se puso en pie también. Dudó un segundo, luego se inclinó y le dio un beso lento en la frente. No fue un beso impulsivo, sino de despedida consciente. Ana cerró los ojos ese instante, aceptándolo, y luego se apartó.

—No diga nada —repitió, sin dureza—. Hay cosas que se guardan mejor sin letras. Usted tiene bastante con las suyas. Las mías se quedan en la cabeza y en las manos.

Abrió la puerta y salió al pasillo. Sus pasos se oyeron bajando la escalera, mezclados enseguida con el rumor general de la casa. Loaisa se quedó unos minutos en el cuarto, solo. Miró la cama bien hecha, la ropa doblada y el candil ahora apagado. Pensó en sus tíos en Cádiz, en el examen de Madrid, en los colonos que madrugarían al día siguiente y en el viejo Campel que lo esperaba para terminar un relato que ya no era sólo suyo. Entendió que Ana había puesto orden en su propia vida mucho antes de que él apareciera por aquella puerta.

Sabía, con una claridad que no había tenido al llegar, que su estancia en La Carlota tocaba a su fin. Quedaban, quizá, un día más, unas últimas palabras bajo el álamo y alguna gestión antes de retomar el camino. Nada de eso cambiaba lo esencial: que aquel cuarto de arriba, en una posada de casas encaladas con esmero, se había convertido en uno de los pocos lugares del mundo donde su vida había dado un pequeño giro interior sin dejar rastro visible.

Se tumbó vestido sobre la cama y, antes de dormirse, pensó que la dificultad no estaba tanto en elegir entre dos caminos, sino en aceptar que, a veces, sólo se puede mirar de lejos la vida que no se va a vivir. Al clarear el día, la luz que se colaba por la rendija de la contraventana lo sacó de un sueño ligero. Se incorporó despacio, con esa pesadez que deja más el exceso de pensamientos que el cansancio del cuerpo, y se lavó la cara en la palangana, dejando que el agua fresca le despejara un poco la cabeza. Se vistió con la ropa de diario, dobló con cuidado la sábana y abrió la puerta del cuarto.

Mientras bajaba la escalera oyó el trajín habitual de la posada: el repiqueteo de platos en la cocina, una voz de mujer llamando a un mozo y el arrastre de una silla en la sala de abajo. Al llegar al zaguán, el olor a manteca y a pan tostado le salió al encuentro. Rosa, con las mangas remangadas, iba y venía entre las mesas; al verlo, le señaló una cerca de la pared, donde dejó un tazón y un trozo de pan. Loaisa se sentó, agradecido por el desayuno sencillo, y mientras llevaba el primer sorbo a los labios dejó que la vista se le fuera hacia la puerta de la posada.

Lo que no esperaba era ver al anciano sentado en un banco, junto a la puerta, con la muleta apoyada en la pared. Había llegado dando un paseo corto, según explicó, para «estirar un poco las piernas y la despejar la cabeza». Tenía el sombrero en las manos, la espalda algo encorvada, pero los ojos atentos.

—Mire quién ha venido a hacer gasto —dijo Rosa, con media sonrisa—. Si todos los colonos fueran como don Juan, esta casa no conocería las malas cosechas.

Campel respondió con un gesto de su mano, restando importancia.

—Una jarra de vino y un plato de lo que haya —pidió—. No vengo todos los días.

Rosa fue a la cocina y volvió con una jarra y dos vasos.

—Si el señor Loaisa quiere sentarse… —añadió, dejando el segundo vaso sobre la mesa.

Loaisa aceptó. Se levantó del lugar donde estaba y se situó frente al anciano. Hablaron primero de cosas menores como el calor del día anterior, los arrieros y la noticia, ya casi vieja, de la buena marcha del viaje a Sevilla. En un momento de la charla, Rosa, que recogía platos en una mesa cercana, se volvió hacia el viejo con curiosidad contenida.

—Don Juan —dijo—, a mí hay una cosa que no me entra en la cabeza. ¿Cómo pudo guardar usted un anillo así en los años de la invasión de los franceses? Con lo que se pasó entonces… Cualquiera lo habría vendido antes.

La pregunta salió con naturalidad, como quien retoma un asunto comentado mil veces en corrillos. Campel la miró con una sonrisa cansada.

—También mi nuera me lo ha preguntado— respondió—. Y hasta se ha enfadado conmigo por no haberlo sacado antes.

Hizo una pausa breve, como si dudara de por dónde empezar. Luego apoyó mejor la muleta junto a la mesa y habló en tono llano, casi como quien cuenta una anécdota.

—Ese anillo fue el «*Ehering*», la alianza de boda como se dice aquí, de mi mujer —dijo—, que yo mismo le puse en el dedo anular tras tocar antes, como manda la tradición, otros dos dedos. Para nosotros valía más por lo que significaba que por el oro que pudiera tener.

Rosa asintió en silencio. Él prosiguió:

—Mi mujer le tenía un cariño especial. Decía que le traía suerte desde antes de casarse. Lo encontró, de muchacha, en el fondo de una fuente de su pueblo. Una joya perdida de otros, que vino a parar por voluntad de Dios a sus manos. Desde entonces, no quiso desprenderse de él. Ni cuando cruzamos varios reinos, ni yo cuando llegaron los soldados de Bonaparte. Ella decía que mientras lo tuviera cerca, nada nos faltaría del todo.

Sonrió, con un gesto que mezclaba ironía y ternura.

—Quizá tenía razón. Aguantamos mucha cosa. Hambre, miedo y deudas. Siempre pensé que, si vendíamos el anillo, sería porque ya no habría otra opción. Y ese momento llegó el día que quisieron llevarse a mi nieto. Para eso sí merecía la pena mostrarlo y venderlo.

Rosa negó con la cabeza, impresionada.

—Yo no habría tenido ese aguante —admitió—. Pero bien empleado estuvo, si ha servido para que el chico se quede.

Campel no añadió nada. Dio un trago corto de vino, mirando la superficie oscura del líquido como si contase reflejos. Loaisa escuchaba en silencio. Había oído otra versión de esa historia bajo el álamo blanco, en el cementerio, cuando el anciano le habló de la vida anterior a las colonias y de los nombres que allí no se pronunciaban. Sabía que aquel anillo no era simplemente una pieza encontrada al azar en una fuente, pero comprendió que para la mayoría esa versión bastaba. Lo que el anciano había confiado a sus oídos no tenía por qué mezclarse con las explicaciones dadas en una posada.

—En todo caso —concluyó Campel, volviéndose hacia Rosa—, las cosas materiales sirven mientras sirven. Lo que uno echa de menos después no es el oro, sino a la persona que lo llevó.

Ella apretó los labios, con un respeto que no necesitaba palabras. Luego se dio la vuelta para atender a otro cliente. El anciano acabó su vaso despacio. Al poco, se levantó con esfuerzo, apoyado en la muleta.

—Me vuelvo a casa —dijo—. Pronto hará demasiado calor para que yo ande bajo el sol.

Se despidió de Loaisa con un gesto leve.

—Mañana, si el tiempo acompaña, podemos dar otro paseo —añadió—. Aún me queda algo que contarle.

Cuando salió al camino, un coro de chicharras ya amenizaba el ambiente. Su figura, inclinada pero firme, se recortó un momento contra el polvo dorado antes de perderse hacia el patio de su casa.

Loaisa se quedó unos minutos más en el banco, con el vaso ya vacío, repasando mentalmente las dos historias del mismo anillo: la contada en el cementerio, al abrigo de la confidencia, y la servida allí, entre platos y jarras, para consumo y satisfacción de gente que no necesitaba ni debía saber más.

17
La carta

En cuanto el anciano desapareció de la vista de Loaisa, oyó cómo Rosa lo interpelaba. Con todo el trajín de la mañana, había olvidado decirle que a primera hora de la mañana un propio había traído desde la estafeta de La Carlota una carta a su nombre.

—Esto ha llegado para usted —dijo la posadera sacando el pliego del bolsillo de su delantal—. Viene, según parece, de Cádiz.

Le alargó un papel doblado con cuidado, con la dirección escrita con una letra que Loaisa conocía bien. El sello estaba algo borroso, pero el nombre de la ciudad se leía sin dificultad. Lo cogió con una mezcla de alivio y de ligera inquietud. Reconoció la mano de su tía desde la primera línea. No era una larga disquisición; al contrario, la brevedad del texto mostraba más preocupación que si se hubiera extendido en detalles.

Le preguntaban cómo seguía de salud, si la fiebre había remitido del todo y si en aquella «casa-posada del camino» estaba recibiendo los cuidados necesarios. Su tío añadía unas líneas en las que, con su sobriedad habitual, recordaba que el examen en Madrid no era un asunto menor y que no convenía prolongar más de lo indispensable la estancia en aquel lugar. Entre frases medidas se deslizaba la impresión de que no terminaban de creer que todavía estuviera enfermo o, peor aún, que realmente estaba mucho más enfermo de lo que les había comunicado.

«Si en unos días no tenemos noticia de que has salido ya hacia la Corte —decía la última parte—, consideraré la posibilidad de subir yo mismo a buscarte, aunque los años y las obligaciones de la tienda no invitan a tantos viajes. No queremos ser pesados, pero ya sabes que no te tenemos por sobrino lejano, sino por hijo».

Loaisa volvió a leer la carta despacio. Se vio a sí mismo en la trastienda de Cádiz, niño aún, leyendo en voz alta para sus tíos las noticias que llegaban con los barcos o copiando cifras en un cuaderno. Todo lo que había hecho desde entonces (los estudios, las horas de lectura de leyes o este viaje interrumpido) estaba atravesado por aquel esfuerzo silencioso de dos personas que habían decidido que su porvenir merecía la pena.

Doblando la carta con cuidado, se dio cuenta de que, desde La Carlota, no les había escrito más que una vez, cuando la fiebre remitió. El tiempo pasado allí, los paseos con Campel, las visitas a la casa de los colonos y al cementerio le habían parecido llenos y necesarios; pero desde Cádiz, esos días y la falta de noticias debían de alimentar la preocupación. Casi había olvidado las noches sin dormir de su tía cuando unos meses atrás su primo más pequeño enfermó en la epidemia de cólera morbo que tantas vidas se llevó desde su aparición en 1833. Se salvó de milagro o, quizá, por sus cuidados constantes.

Consciente de su imprudencia, subió hasta su habitación. Se sentó a la mesa, sacó papel, tintero y pluma, y se dispuso a responder. No buscó grandes frases. Les explicó, con orden, que la enfermedad lo había obligado a detenerse más de lo previsto; que la posada era decente y la comida suficiente; y que había encontrado buena disposición en la gente del lugar. Añadió que ya se encontraba restablecido, que sólo le quedaba terminar unos asuntos pendientes y que, en cuanto los cerrase, saldría hacia Madrid.

No mencionó a Ana, ni el anillo, ni las conversaciones bajo el álamo. Habló, en cambio, de la pureza del aire, de la calma de la llanura y de la utilidad inesperada de haber conocido un tipo de pueblo distinto a los que había frecuentado. Terminó asegurando que, desde Madrid, les escribiría con más detalle y que esperaba no defraudar la confianza puesta en él. Al acabar, releyó la carta para asegurarse de que no dejaba huecos que pudieran alimentar más temores. La dobló, la cerró con unas gotas del lacre que Rosa le prestó y preguntó por la hora a la que salía el correo.

—Si la lleva antes de mediodía, llegará hoy mismo a la estafeta de Sevilla —explicó ella—. Desde allí ya sigue camino cuando toque.

Loaisa decidió hacerlo enseguida. Sentía la necesidad de poner en marcha, al menos sobre el papel, el movimiento que llevaba días aplazando sólo en su cabeza. Salió de la posada con la carta en el bolsillo interior de la chaqueta y tomó el camino que conducía a La Carlota. El paseo, a esa hora, era llevadero. El sol ya se alzaba, pero aún no había llegado al punto de castigo del mediodía. A ambos lados del camino, algunas casas de colono se sucedían con su orden acostumbrado. Al acercarse a la colonia, el camino se ensanchó y aparecieron algunas viviendas agrupadas. La estafeta se encontraba en la primera calle que se abría a la izquierda.

Loaisa se dirigió primero allí. El administrador, un hombre de carácter seco y de mediana edad, tomó la carta, la sopesó como si pudiera adivinar su contenido y la colocó en una bandeja junto a otras pocas misivas.

—Saldrá con el correo del mediodía —dijo, sin más ceremonia—. Cádiz está lejos, pero las cartas llegan pronto.

Cuando salía del establecimiento, vio a lo lejos un pequeño grupo de personas reunidas en la plaza del Ayuntamiento. No era una multitud, pero sí más gente de la que solía verse en aquel lugar a esas horas un día entre semana. La curiosidad le pudo y decidió acercarse. Un par de hombres con chaleco y sombrero de mejor paño que el de los colonos hablaban con un tercero que llevaba en la mano un pliego doblado.

Se acercó lo suficiente para oír pero sin hacerse notar. Reconoció a uno de los colonos de vista; lo había visto en la posada alguna vez bebiendo vino con otros vecinos. Tenía el rostro curtido y las manos grandes, de labrador. A su lado, una mujer de mediana edad sujetaba un pañuelo entre los dedos, retorciéndolo con nerviosismo.

—Ya le he dicho lo que hay —estaba diciendo uno de los hombres del chaleco, con tono de paciencia forzada—. Las contribuciones de estos años no se han inventado aquí. Vienen de más arriba. Si no puede hacer frente a los atrasos, la tierra tiene que salir a subasta. No hay otro modo.

El colono apretó la mandíbula.

—Es la única tierra que tengo —respondió—. Mi padre la trabajó antes que yo. Siempre se pagó lo que se pudo. No es justo que ahora, por unos años malos, se la lleve cualquiera.

El hombre del pliego miró a su alrededor, buscando quizá algún testigo más neutral. Loaisa advirtió que, en el papel, estaba escrito algo con letra redonda y solemne. No era difícil imaginar el contenido: términos que conocía bien, aunque ahora no estuvieran trazados por su mano.

—La justicia no entiende de justos y no justos —replicó el del chaleco—. Entiende de lo que se debe y de lo que se puede embargar. Se ha hecho el avalúo y se ha fijado un precio. Si alguien mejora la postura, se quedará con la finca. Si no, el señor de Écija que ha ofrecido la cantidad que figura aquí será el nuevo dueño. Usted, al menos, se quedará sin deudas.

La mujer apretó el pañuelo con más fuerza.

—¿Y de qué viviremos si no es de esa tierra? —preguntó—. ¿De mirar cómo otros la trabajan?

El segundo hombre, más joven, intervino entonces con un tono que pretendía ser conciliador.

—A veces es mejor soltar antes de que todo se hunda —dijo—. No son la única familia en esta situación. Son tiempos revueltos para todos. Y siempre pueden arrendar algo, o trabajar a jornal.

Loaisa escuchaba sin intervenir. Sabía que, si se acercaba como escribiente improvisado, apenas podría ofrecer nada más que una explicación formal de lo que allí se estaba leyendo. Y esas explicaciones las conocían bien quienes sostenían el pliego.

El hombre con el papel comenzó a leer en voz alta, con cierta solemnidad, el contenido del edicto: descripción de la heredad, medidas, linderos y mención a las deudas satisfechas con el precio de venta. Cada frase le sonó conocida. Era el mismo lenguaje que él empleaba o emplearía en cualquier escribanía, pero allí, en la plaza, sobre el rostro del colono, esas palabras tenían un peso distinto.

Cuando terminó la lectura, preguntó si había algún vecino que quisiera mejorar la oferta. Nadie respondió. Un murmullo recorrió al pequeño grupo, pero nadie dio un paso adelante. Al cabo de unos segundos vacíos, el joven del chaleco estrechó la mano del colono con una corrección seca.

—Lo siento —dijo—. Es la manera de arreglar esto.

El labrador no respondió. Asintió apenas, como quien ha recibido un golpe que ya esperaba, y se volvió hacia su mujer.

—Vámonos —murmuró—. Mañana habrá que pensar dónde echamos la primera azada.

Se alejaron despacio, sin levantar la voz, mientras el hombre del pliego guardaba el papel en una carpeta de cuero. La escena se disolvió en unos minutos. Al cabo, la plaza volvió a su actividad ordinaria con un par de niños corriendo, una mujer que salía de una tienda de ultramarinos y un burro atado a un poste.

Loaisa permaneció un momento donde estaba, sin moverse. No acababa de saber si lo que le impresionaba era la subasta en sí o el contraste entre la frialdad de la fórmula y la mirada vacía del colono. Pensó en cómo se vería la escritura que se formalizaría dentro de unos años, encuadernada en un protocolo, tal vez en una estantería como la que él esperaba tener en su propia oficina. Para quien la consultase entonces, sería una línea más en un índice, una referencia entre muchas: «Compra de una heredad en tal sitio, tantos reales».

Volvió a la posada caminando despacio, repasando mentalmente los términos que había oído: deudas, contribuciones, embargos, etc. Le resultaban familiares desde los libros, pero en aquellos campos tenían una textura distinta. No era lo mismo leerlos en Cádiz o Madrid que verlos chocar contra la pared de la única casa de una familia.

Al llegar, el sol estaba ya alto. La posada olía a guiso y a pan tostado. Rosa le preguntó si había podido entregar la carta y si había alguna novedad en la villa. Él respondió que sí a lo primero y restó importancia a lo segundo. No le apetecía convertir en comentario de sobremesa lo que había presenciado.

Subió al cuarto con la sensación de que el día se imponía sobre sus pensamientos. Se sentó a la mesa, sacó del equipaje el cuaderno de tapas pardas que llevaba desde el viaje y lo abrió por una página en blanco. Hasta entonces, sólo había anotado en él detalles sueltos tales como alguna descripción del paisaje, un dato sobre la fundación de las colonias y alguna frase de don Manuel Vázquez que no quería perder.

Aquella tarde decidió escribir algo más ordenado. No se propuso redactar un relato completo; sólo fijar, con palabras sencillas, lo que había ido acumulando en la memoria: la boda bajo el emparrado, la llegada del alguacil, el anillo, los paseos con Campel o la escena de la plaza de La Carlota con la subasta de la heredad. Escribía despacio, dejando huecos que quizá rellenaría otro día.

Mientras trazaba las líneas, fue consciente de una tensión que lo acompañaría durante mucho tiempo: por un lado, la necesidad de registrar; por otro, el respeto a ciertos silencios. Sobre Campel, por ejemplo, dudó si consignar detalles que el anciano había compartido sólo bajo el álamo, en el cementerio. Durante un buen rato, la pluma quedó suspendida sobre el papel sin decidirse. Al final, optó por anotar menos de lo que sabía. Dejó indicios, apuntes, pero no todo. El cuaderno, pensó, debía servirle ante todo a él, como referencia cuando su oficio lo llevara lejos de aquellos parajes. No tenía por qué convertirse en confesionario ajeno.

Cuando cayó la tarde, cerró el cuaderno y lo guardó de nuevo en el fondo del equipaje. Bajó a cenar. Ana estaba en el comedor, sirviendo platos a los huéspedes, tan correcta como siempre. Cruzaron una mirada breve, suficiente para saberse reconocidos y, al mismo tiempo, para entender que nada de lo hablado la víspera volvería a pronunciarse.

Esa noche, al acostarse, Loaisa tenía una decisión más firme que en días anteriores. Al día siguiente vería de nuevo a Campel, esta vez para escuchar lo que el anciano había anunciado como lo que le quedaba por decir; y, cuando aquel relato estuviera completo, él retomaría el camino hacia Madrid.

18
Últimas confidencias

Esa mañana no fue necesario que Loaisa se acercase hasta la casa de los Campel, el anciano le aguardaba en la puerta de la posada para iniciar su habitual paseo hacia el cementerio con un ánimo y una fuerza que rara vez se podían ver en alguien de su edad. Con el rostro entornado y media sonrisa en el rostro, ese hombre casi centenario dijo:

—Si tiene usted fuerzas, podríamos ir hoy al camposanto. Nos queda poco que remover, pero quiero acabarlo donde lo empezamos. Como mi madre solía decir: «*Wer A sagt, muss auch B sagen*»[4]; si empiezas algo, no puedes quedarte a medias.

Loaisa asintió mientras sonreía. Cruzaron juntos el camino real y tomaron la vereda conocida. La tapia encalada del cementerio se dibujaba blanca sobre el fondo de algunos olivos jóvenes. La puerta cedió con el crujido habitual. Dentro, el aire era algo más fresco. El álamo blanco, que cada vez parecía más alto, recortaba su copa sobre el cielo claro.

Se sentaron en la piedra de siempre, frente a las dos cruces sencillas. El anciano tardó unos instantes en hablar. Antes, con la punta de la muleta, removió unas hojas secas que se habían acumulado al pie del tronco.

—Ya le conté —empezó— cómo llegamos, cómo levantamos la casa, cómo se me fue María y cómo planté este árbol para que le hiciera sombra. Eso fue hace muchos años. Lo que ha venido después tiene menos novedad, pero no por eso menos peso.

---

[4] «Quien dice A, tiene que decir también B».

Loaisa guardó silencio. Sabía que no iba a oír grandes peripecias, sino el balance de una vida.

—Después de enterrarla —continuó Campel—, el mundo se hizo más pequeño. El día se redujo a la suerte, la casa y estos caminos. Mi hijo creció, se casó y tuvo hijos; mis otros hijos, lo mismo. Yo seguí trabajando mientras el cuerpo lo permitió. No hay mucho que decir: se ara, se siega, se poda y se recoge. Los años, al final, se parecen demasiado entre sí.

Se ajustó un poco en la piedra, buscando una posición más cómoda.

—Lo único que no ha cambiado desde entonces —añadió— es lo que decidimos aquella última noche mientras ella estaba en la cama, cuando ya sabía que se iba. Le conté algo de eso, pero no por completo. Me hizo prometer que, para los que vinieran después, seríamos sólo colonos. Que nuestros hijos no crecieran con historias de castillos, ni de barones, ni de sentencias; y que no supieran que hubo un Belfor, ni un proceso, ni una maldición.

Miró a las cruces, una y otra.

—Tenía razón —dijo—. ¿Para qué iba a servirle saber que su madre fue hija de un señor de importante linaje que murió, accidentalmente, por mi mano? Lo único que habría conseguido es que se les llenara la cabeza de cuentas imposibles de ajustar. Aquí, en cambio, han tenido lo que necesitaban: tierra, trabajo, mujeres y maridos honrados e hijos sanos. No es poco.

Loaisa pensó en el joven que había visto el día de la boda, nervioso junto al tálamo, y en el hombre más asentado que era ahora solo unos días más tarde. No había en él nada que delatara otro origen que el de la colonia.

—¿Nunca ha tenido tentación de decírselo a su nieto? —preguntó.

Campel negó, despacio.

—Alguna vez, cuando lo veía preocupado por una helada o por un precio mal puesto, se me pasaba por la cabeza decirle: «No sabes de qué te has librado, hijo. Podrías estar discutiendo con procuradores sobre un mayorazgo arruinado». Pero se me iba enseguida. Lo veía dormir cansado, con los brazos rendidos del trabajo, y pensaba que esa clase de cansancio es más llevadera que la de darle vueltas a lo que no tiene arreglo. No quise cargarlo con lo que nos tocó a María y a mí.

Alzó un poco la muleta, como marcando el aire.

—Hay nombres que sólo sirven para complicar la vida —prosiguió—. «Barón de Belfor» era un título que, en su tierra, imponía; aquí, dicho en voz alta, sólo habría sonado raro. Mejor que se quede bajo la tierra de allá. Aquí basta con «Campel, colono». Y, si Dios quiere, solo eso quedará en los papeles.

Loaisa recordó las palabras de don Manuel Vázquez sobre lo que entraba en las historias y lo que no. Aquí, el propio protagonista renunciaba a esa parte de su pasado.

—En cuanto a mí —siguió el anciano—, lo que me quedaba por hacer después de que ella se fuera era asegurar que ellos no pasaran hambre. Lo he hecho como he podido. Los años buenos y los malos se han repartido. No siempre hemos tenido lo que queríamos, pero sí lo necesario. A estas alturas, lo único que deseo es que, cuando me toque, me pongan aquí mismo, junto a ella, bajo este árbol. No necesito más ceremonia.

Lo dijo sin dramatismo, como quien habla de una tarea pendiente.

—No le tiene miedo a la muerte —observó Loaisa.

—Miedo, no —respondió el anciano—. Respeto, sí. He visto morir a gente en circunstancias peores. Mi padre cayó en el campo de batalla, el barón de Belfor en el suelo del castillo, mi mujer en una cama pobre, pero con mi mano en la suya. Morir toca igual, estés en una sala grande o en una choza. Lo que cambia es lo que dejas atrás.

Guardó un momento de silencio, antes de añadir:

—Yo dejaré esto: una familia de labradores con la cabeza en su sitio y una historia que sólo usted y yo conocemos entera. No es mal resumen.

El tema del anillo surgió sin que hiciera falta nombrarlo directamente.

—Durante muchos años —dijo—, el único resto visible de aquella vida de nobleza y lujo fue esa sortija que ha visto usted. María me la dejó casi como encargo. Me dijo: «Guárdala. No por vanidad, sino por lo que representa. Y sólo despréndete de ella si de ello depende la vida de uno de los nuestros». Yo la entendí bien. No era una joya, era una especie de salvavidas en caso de naufragio.

Sus dedos, apoyados en la empuñadura de la muleta, se crisparon un instante, como si sostuvieran todavía el metal.

—Cuando llegó lo del oficio del alguacil —continuó— y vi a Juan con la cara deshecha, supe que había llegado el caso que ella había previsto. Como pudo ver, no pensé mucho más. Abrí el cofre, saqué el anillo y se lo puse en la mano. Me dolió, claro. Era lo último que me unía de manera visible a todo aquello, pero también fue una forma de obedecerla a ella una vez más. Si hubiera guardado la pieza por apego tonto, traicionando su encargo, entonces sí me habría arrepentido.

Loaisa asintió, despacio.

—Así que el sacrificio no fue sólo suyo —dijo—. Fue también cumplimiento de la voluntad de su esposa.

—Exacto —respondió el anciano—. Por eso, cuando me dijo usted que aquel anillo le había impresionado, yo no pensé tanto en el oro como en la frase que le acompañaba. Era asunto arreglado desde hacía años, sólo quedaba esperar a que encajara.

Se calló un momento. El viento movió ligeramente las hojas del álamo. Alguna sombra cambió de sitio sobre la tierra.

—En cuanto a la colonia —prosiguió—, usted la ha visto en un momento de cambio. Cuando llegamos, esto era casi un experimento. Casas nuevas, tierras repartidas y privilegios claros. Después vinieron las épocas de abundancia y de estrechez. Ahora, como le habrá dicho don Manuel y cualquiera del pueblo, nos han dejado sin el Fuero y nos quieren tratar a golpe de exacción. Yo no sé si eso será mejor o peor. Lo único que sé es que aquí, mientras no nos quiten la tierra de debajo de los pies, seguiremos levantándonos de madrugada.

Miró hacia el horizonte, donde se dibujaban las copas de los olivos jóvenes.

—Hay cosas que no dependen de decretos —añadió—. El sol sale igual, llueva o no llueva. La azada pesa lo mismo, haya Fuero o no lo haya. Lo que sí cambia es la seguridad de los hombres. Mis hijos y mis nietos han crecido creyendo que ciertas promesas eran firmes. Ahora ven que no. Eso duele. Pero también enseña a no fiarlo todo a lo que viene de lejos. Al final, uno aprende a confiar más en lo que arranca de la propia tierra que en lo que le escriben desde Sevilla.

Loaisa pensó que esa frase, puesta en boca de un colono viejo, decía más sobre el estado del país que muchas circulares.

—¿Teme usted por ellos? —preguntó.

—Temer, no —contestó Campel—. Me preocupa, que es otra cosa. No me gustaría que ninguno tuviera que dejar estas suertes por deudas que no hayan contraído ellos. Pero también sé que son recios. Si les falta un privilegio, buscarán otro modo. No son de los que se quedan mirando al aire. Lo que sí les deseo es que no les toque en suerte una desgracia como la mía y la de María: tener que dejarlo todo no por hambre, sino por culpa y por persecución.

Se volvió un poco hacia Loaisa.

—En eso sí pueden aprender de nosotros —dijo—. Yo he cometido errores que ellos no necesitan repetir.

Loaisa sintió el peso de esa afirmación. Sabía que lo que oía allí no aparecería en ninguna hoja sellada, ni en los libros de la parroquia y, menos aún, en los registros de la colonia. Si no lo recogía él en su cuaderno, la parte más delicada de la vida de Campel se iría con él bajo la tierra.

—Haré lo posible por no olvidarlo —dijo—. No sé aún en qué forma, pero no quiero que se pierda por completo.

El anciano hizo un gesto breve, como si la respuesta le bastara.

—Con que no se lo cuente a los nietos, me doy por contento —replicó—. Lo demás, que lo disponga el tiempo. Hay historias que no conviene que se hagan grandes. Son más útiles si sirven de aviso discreto a alguno que pueda entenderlas.

La luz empezaba a declinar. La sombra del álamo se alargaba sobre el suelo, cubriendo casi por entero las dos cruces.

—«*Damit ist alles gesagt*»[5], señor Loaisa —dijo Campel, después de un silencio—. No me queda nada de importancia que añadir. Lo demás son detalles de trabajo, de años buenos y malos que se parecen entre sí. Si alguna tarde volvemos, será para charlar de cosas más ligeras. Lo sustancial ya está dicho.

Se incorporó con esfuerzo, apoyándose en la muleta. Loaisa se levantó también y le ofreció el brazo. Caminaron despacio hacia la puerta del cementerio. Antes de cruzar el umbral, el anciano se volvió un momento y miró al álamo.

—Cuando me entierren —murmuró—, será aquí, a su lado. No me gustaría que plantaran otro árbol. Con este basta. Ha visto lo peor y lo mejor. No le hace falta compañía.

---

[5] «Con esto está todo dicho».

Salieron al camino. El aire, fuera del recinto, parecía más cálido. A lo lejos, se oía el ruido apagado de un carro y el ladrido de un perro. La Carlota, encalada, se levantaba sobre la llanura como cualquier otro pueblo reciente, sin rastro visible de castillos ni de nobles alemanes.

Durante el trayecto de vuelta, hablaron de cosas más sencillas: de la cosecha de ese año, del comportamiento del trigo y de un vecino que pensaba casar a su hija con un colono de otra colonia pequeña cercana llamada San Sebastián de los Ballesteros. El tono era el de dos hombres que han cerrado un asunto importante y que se permiten descansar en asuntos menores.

Al dejar a Campel en la puerta del emparrado, Loaisa sintió que, más allá de su examen en Madrid y de su futuro oficio, llevaba consigo algo que no cabía en su condición de estudiante. Era, sin que nadie lo hubiera nombrado así, depositario de una memoria que no podía usar a su antojo ni exhibir como curiosidad. Le tocaría, a partir de entonces, decidir qué hacer con ella.

Esa noche, ya en la posada, abrió el cuaderno y dejó constancia, con letra más apretada de lo habitual, de las últimas confidencias del anciano bajo el álamo. No adornó las frases. Anotó, con la mayor exactitud posible, las ideas que acababa de oír: el secreto para los descendientes, el encargo sobre el anillo, el deseo sobrio de ser enterrado junto a María, la opinión sobre las promesas del Estado y la firmeza de la tierra trabajada.

Cuando terminó, cerró el cuaderno y lo guardó de nuevo en el fondo del baúl. Sabía que, por mucho que aquellas páginas contuvieran, siempre habría una diferencia entre lo escrito y la voz del viejo en el cementerio. Pero también sabía que, sin ellas, muy pronto no quedaría nada más que el nombre «Campel, colono» en una lápida de madera que, con el tiempo, el sol y la lluvia desgastarían.

19
Camino a Madrid

La decisión de marcharse no se tomó en una sola tarde, pero llegó sin estrépito. El cuerpo de Loaisa estaba ya repuesto; la fiebre había quedado atrás, las fuerzas habían vuelto, y el plazo para presentarse a los exámenes en Madrid no admitía más retraso. Una mañana, después de cerrar el cuaderno y de mirar un rato el camino real desde la ventana de la posada, comprendió que había llegado el momento de poner fecha al viaje. Sintió, al pensarlo, una mezcla extraña de alivio y de punzada: el mismo camino que lo había traído hasta allí para salvar un examen era ahora el que lo obligaba a dejar atrás una vida que empezaba a conocer.

Comenzó por la casa de los Campel. Cruzó el camino, siguió la vereda que conocía de memoria y se detuvo un instante ante el emparrado. El patio estaba en movimiento: un niño perseguía a una gallina, otro ayudaba a Rafaela a tender ropa y el sonido de un cubo contra el brocal del pozo marcaba el ritmo doméstico.

Juan salió al verlo en la puerta, limpiándose las manos en el pantalón.

—Pase, señor Loaisa —dijo—. ¿Viene de paseo o con papeles en la cabeza?

—Con las dos cosas —respondió él—. Vengo a despedirme. Mañana tengo que salir hacia Madrid. El tiempo de quedarme aquí se me acaba.

La noticia no provocó grandes gestos. En una casa de campo se sabe que los forasteros no pertenecen del todo, por mucho que se alargue su estancia.

—Era de esperar —asintió Juan—. Ya se le ve con mejor cara. No va a gastar sus años en una cama de posada.

El anciano apareció al fondo, apoyado en la muleta. Se acercó despacio, con paso corto.

—Así que se nos va —dijo, sin sorpresa—. Hace bien. Cada uno tiene su camino. Usted ya ha visto y oído más de lo habitual para un hombre de paso.

Loaisa sonrió con cierta seriedad.

—He oído lo que usted ha querido contarme —replicó—. Y se lo agradezco. No era obligación suya.

—Obligación, no —contestó el viejo—. Pero hay cosas que pesan menos cuando se han dicho por completo. Ahora me toca a mí quedarme más ligero.

Rafaela se unió al grupo, secándose las manos.

—Aquí tendrá siempre un plato si vuelve a pasar —dijo—. No hace falta avisar.

No hablaron del anillo, ni del cementerio, ni del secreto. Tampoco de fechas de regreso. El tono fue sobrio, casi el mismo de cualquier despedida tras una temporada larga de trabajo compartido. Los niños, que habían oído la palabra «Madrid», miraron al visitante con curiosidad, como si se tratara de alguien que se internaba en un mapa que ellos conocían sólo de oídas. Loaisa, al mirarlos, pensó fugazmente que ellos seguirían viendo cada día el álamo, las mismas calles, los mismos nombres, mientras él se alejaba hacia una ciudad donde nadie sabría nada del viejo Campel ni de la historia guardada bajo aquel árbol.

Antes de irse, Loaisa estrechó la mano de Juan con firmeza, agradeció a Rafaela las atenciones recibidas y se acercó al anciano.

—Si vuelvo algún día —dijo—, procuraré ir primero al cementerio.

Campel asintió, sin solemnidad.

—Vaya donde tenga que ir —respondió—. Si vuelve, quizá ya no esté. Pero el árbol sí. Es bastante.

Se despidieron en la puerta, bajo la sombra del emparrado. De regreso al camino, Loaisa sintió que dejaba tras de sí algo más que una casa y unos rostros. No supo ponerle nombre, pero tenía que ver con la responsabilidad de haber escuchado una vida entera. Mientras volvía hacia la posada, tuvo la impresión de que lo que de verdad se llevaba no cabía en el baúl, y que nada de aquello se podría contar nunca en una escritura.

Buscó luego a don Manuel Vázquez. Lo encontró en la sacristía, revisando los manteles del altar.

—Vengo a decirle adiós —anunció—. Me marcho mañana al amanecer.

El capellán dejó la tela sobre la mesa y se volvió hacia él.

—Era cuestión de tiempo —dijo—. Madrid no espera. ¿Tiene todo en regla?

—Todo lo que depende de mí —respondió Loaisa—. Los papeles, las certificaciones y las recomendaciones. Lo demás ya no es cosa mía.

Don Manuel sonrió levemente.

—Ni de los escribanos ni de los curas depende nunca del todo lo que les pasa —observó—. Hacemos lo que podemos y el resto viene de arriba o de fuera. Pero usted ha aprovechado bien el tiempo aquí. No todos los que pasan por la colonia se detienen a mirar más allá de los edificios más imponentes.

—No habría podido verlo sin su ayuda —contestó Loaisa—. Ni sin la del viejo Campel. Y hay cosas que he visto que no olvidaré al sentarme ante un protocolo.

—Eso es cosa suya —replicó el capellán—. Hay quien oye lo mismo y no se lleva nada. Usted, al menos, parece dispuesto a recordar. Si algún día, en su mesa de escribano, piensa en estos campos antes de firmar un papel, me doy por satisfecho.

Hubo un breve silencio, en el que ninguno de los dos quiso forzar palabras de más.

—¿Irá a misa antes de marcharse? —preguntó por fin don Manuel.

—Claro —dijo Loaisa—. No sólo por costumbre.

—Entonces nos veremos allí —concluyó el capellán—. Y, si alguna vez vuelve, quizá nos encontremos de nuevo. O quizá no. Para eso está la Providencia.

No hablaron de cartas futuras ni de noticias. La despedida quedó en ese punto medio entre la esperanza y la aceptación de que los caminos, una vez separados, suelen tardar en cruzarse de nuevo. Al salir de la sacristía, Loaisa pensó en Ana sin nombrarla: en la escalera, en el candil, en el cuarto de arriba. También allí, admitió para sus adentros, haría falta algo más que Providencia para que los caminos volvieran a juntarse.

Quedaba la posada. La noche antes de la partida, Loaisa decidió arreglar la cuenta. Bajó al zaguán con las monedas contadas y el cuidado habitual para no dejar cabos sueltos.

Bartolomé anotó en un papel los días, las comidas, el correo recibido y el uso del cuarto.

—No se preocupe —dijo, cuando vio que Loaisa repasaba las cifras—. No vamos a engañarle por una sopa de más.

—Lo sé —respondió él—. Pero cuanto más se revisan las cuentas, menos problemas hay luego.

Pagó, guardó el recibo doblado entre los papeles importantes y se quedó un momento en silencio.

—Les agradezco la hospitalidad —añadió—. No sólo la cama y la comida. También la paciencia con un enfermo que llegó trastabillando por la puerta.

Rosa, que había salido un momento de la cocina, intervino.

—Aquí se ha curado más de un viajero —dijo—. Algunos se van sin decir gracias. Otros, como usted, se toman el trabajo. Eso también se agradece.

Ana entró y salió un par de veces, llevando platos, recogiendo vasos, sin quedarse nunca en el zaguán más de lo necesario. Cuando pasó cerca, Rosa aprovechó para hablar de cosas sin importancia.

—Mañana habrá que levantarse un poco antes —dijo—. El señor Loaisa se marcha y habrá que tenerle el desayuno.

—No se preocupe —respondió Ana—. Estará.

La frase pasó como un comentario más, sin acento especial. Sólo Loaisa percibió, o creyó percibir, un leve titubeo en la voz, enseguida corregido en el gesto con que ella se volvió hacia la cocina.

Al amanecer, el equipaje estaba preparado junto a la puerta: el baúl con la ropa y los libros, la capa y el sombrero. El cuaderno de notas descansaba en el fondo, envuelto en la camisa que Loaisa había usado menos, a resguardo de miradas indiscretas.

Rosa le ofreció un pan envuelto en un paño y un trozo de queso.

—Para el camino —dijo—. En la venta no siempre se encuentra algo decente.

Bartolomé, en el umbral, le estrechó la mano.

—Buena suerte en Madrid, señor Loaisa. Y si algún día vuelve a pasar, aquí tiene su casa.

—Lo tendré presente —contestó él.

Ana no estaba en la puerta. Un ruido de cubos al fondo del patio indicaba que se ocupaba del agua. Loaisa dudó un segundo, luego decidió no buscarla. No por falta de deseo de despedirse, sino porque sabía que cualquier gesto distinto del habitual habría desentonado con la discreción que ambos habían elegido. Pensó que, si la llamaba por su nombre delante de todos, traicionaría precisamente aquello que habían acordado guardar en silencio.

Subió al carro que le llevaría hasta la siguiente venta en dirección a Córdoba. Desde allí, siguiendo la ruta marcada, enlazaría con los caminos que conducían a la capital.

Mientras el carro se ponía en marcha y la posada quedaba detrás, vio un movimiento en una ventana del piso alto. Una figura fugaz, que podría haber sido cualquiera, retiró la cortina y la dejó caer de nuevo. No alcanzó a distinguir el rostro, pero reconoció el gesto: la misma mano que, días atrás, había apagado un candil en su cuarto. No trató de distinguir más. Se limitó a ajustar la capa sobre las rodillas y a mirar hacia adelante. La imagen de la cortina que se cerraba quedó fija, como una especie de respuesta silenciosa a la despedida que ninguno de los dos se había atrevido a pronunciar en voz alta.

El viaje hasta Madrid fue largo y, en cierto modo, aburrido. Venta tras venta y posada tras posada, el paisaje cambiaba sólo por tramos: de los olivares andaluces a las tierras de cereal, de los pueblos encalados a las villas de ladrillo oscuro. Los compañeros de camino hablaban de cosechas, de precios o de noticias de la guerra en el norte. Nadie sabía nada de castillos alemanes ni de fueros extinguidos en las colonias de Sierra Morena.

Loaisa aprovechó las horas de carro y de posadas para repasar los apuntes de leyes y ordenanzas que llevaba en un legajo aparte. Tras lo sucedido en La Carlota, le costaba más concentrarse, pero el examen exigía precisión. Releyó disposiciones sobre escrituras públicas, formalidades de testamentos, diferencias entre censos y arrendamientos, competencias de escribanos en materia de contratos, etc. De vez en cuando, alguna frase del viejo Campel o de don Manuel se colaba entre las líneas, pero él la apartaba a un lado para no distraerse. También se colaba, a ratos, la imagen de unos ojos azules o de una sombra tras una cortina; bastaba con que se diera cuenta para obligarse a volver a la línea de la ley que tenía delante.

Al llegar a Madrid, la impresión fue la de entrar en otro mundo. Calles más ruidosas, carruajes que se cruzaban sin cesar, tiendas cargadas de mercancías, gente de todos los acentos. La ciudad no tenía nada de las proporciones de La Carlota. Las fachadas altas y las plazas amplias imponían respeto a quien venía de paso. Se alojó en una casa de huéspedes cercana al lugar donde debían celebrarse los exámenes. Los días anteriores a la prueba los dedicó a estudiar con método: por la mañana, repaso de textos; por la tarde, ejercicios de redacción de escrituras en limpio; por la noche, lectura rápida de modelos de protocolos.

El día del examen amaneció claro. La sala era sobria: una mesa al fondo, donde el tribunal se sentaba, otra más baja para el candidato, y otras sillas alineadas en la pared. Loaisa entró con la mejor ropa que tenía, el cabello arreglado y la calma que había podido reunir. Las preguntas fueron las que cabía esperar: definición de escritura pública, requisitos de un poder general, forma de inscribir un censo, tratamiento de un testamento otorgado por enfermo grave, etc.

—Diga el compareciente —preguntó uno de los miembros del tribunal—, ¿qué se entiende por escritura pública?

—La que se autoriza ante escribano público con fe de oficio y en la que se hace constar un acto o contrato con las solemnidades que manda la ley —respondió Loaisa—, quedando su matriz en el protocolo para poder dar los testimonios que se pidan.

—¿Y qué ha de contener un poder general? —intervino otro.

—La designación clara del poderdante y del apoderado, la extensión de las facultades que se confieren y las cláusulas necesarias para que pueda obligar bienes presentes y futuros, según el caso —dijo Loaisa—, sin exceder de lo que la ley permite delegar.

—Suponga ahora —añadió el presidente— que se presenta un enfermo grave que quiere testar. ¿Qué haría vuesa merced?

—Comprobar que tiene juicio bastante —contestó—, llamar, si es posible, a testigos idóneos, advertirle del alcance de las disposiciones que quiere hacer y dejar constancia de su estado. Si la urgencia no permite otra cosa, autorizaría el testamento en la forma ordinaria, pero haciendo mención expresa de la enfermedad y de la hora, para prevenir futuras dudas.

Respondió con la seguridad que da el estudio bien llevado. Luego le pusieron un caso práctico: una familia que quería repartir sus bienes entre varios hijos, con deudas pendientes y una finca hipotecada. Tenía que redactar la escritura que ordenase todo aquello. Mientras escribía, no pudo evitar recordar la escena del oficio del corchete en casa de los Campel. La diferencia era evidente: allí, un papel había caído como un golpe desde fuera; aquí, él tenía en la mano la posibilidad de dejar claro, sin injusticias añadidas, el reparto de una herencia. No dejó que la comparación le distrajera, pero la sensación de estar tratando asuntos que tocaban la vida de la gente con la misma frialdad con la que se manejan cifras quedó fija en su ánimo.

Al terminar, el tribunal revisó su trabajo, hizo un par de observaciones menores y se retiró a deliberar. La espera se hizo larga, pero la resolución fue favorable. Cuando le comunicaron que quedaba aprobado como escribano real sintió más alivio que júbilo. El objetivo inmediato que le había sacado de Cádiz y llevado por los caminos hasta La Carlota quedaba cumplido.

Esa noche, en la casa de huéspedes, abrió por primera vez en días el cuaderno de tapas pardas. Se quedó un rato leyendo las páginas escritas en la colonia. En un margen, sin proponérselo del todo, anotó: «Hoy, examen aprobado. Dentro de unos meses, destino. Lo que oí en La Carlota no figurará en ningún expediente, pero me acompañará al oficio». Pensó añadir algún nombre propio y, al final, se contuvo: bastaba con que él supiera quiénes estaban detrás de aquellas líneas. Luego cerró el cuaderno y lo devolvió al baúl. A partir de entonces, la vida le llevaría a un pueblo de la meseta, a protocolos numerados y a firmas diarias. La historia de los Campel, del álamo blanco y del anillo vendido en Sevilla quedaría, durante años, relegada a ese volumen discreto y a la memoria de un viajero que había llegado a La Carlota buscando cama y había salido de ella con una carga que ningún otro examinaría.

20
Escribano real

Los años que siguieron al examen se asentaron sobre una rutina nueva. Asignado, casi de inmediato, como escribano real a un cabeza de partido de la provincia de Toledo, no muy lejos de Madrid, Loaisa se encontró en un lugar que no tenía nada de excepcional a primera vista: una plaza con iglesia y ayuntamiento, algunas calles principales de casas de dos plantas, tabernas, tiendas modestas y, cerca de la casa consistorial, la puerta de su escribanía.

El despacho daba a una calle algo estrecha, de paso continuo. Dentro, el mobiliario era sobrio y consistía en una mesa grande para él, otra más pequeña para quien quisiera sentarse a dictar con calma, un par de sillas para los comparecientes y una estantería robusta donde se alineaban los protocolos encuadernados por años y libros de legislación. En un rincón, un arcón guardaba los papeles aún sin encuadernar. El olor de la sala era mezcla de tinta, papel y cuero viejo, pues no siempre las escrituras habían estado bien custodiadas, mostrando no pocos signos de humedad y roturas.

La jornada tenía un orden casi fijo. Por la mañana, Loaisa recibía a quienes venían a otorgar documentos: labradores que querían vender o comprar una parcela; padres que concertaban la dote de una hija; hermanos que pretendían dividir una herencia; o viudas que otorgaban poder a un pariente para que las representase en un pleito en un lugar lejano. A veces llegaba algún comerciante con asuntos más complicados como letras de cambio, fianzas o contratos de suministro. Él escuchaba, tomaba nota en borrador, pedía aclaraciones y, cuando lo tenía claro, redactaba la escritura en limpio, ajustándose a las fórmulas exigidas. Los nombres cambiaban; las cláusulas, menos. «Dijo que otorgaba», «se obligaba a pagar», «cedía y traspasaba», «renunciaba a las leyes de su favor». Las palabras se encadenaban con una exactitud que le resultaba cómoda, como una herramienta bien conocida.

Por la tarde, cuando el movimiento disminuía, pasaba en limpio lo escrito, cerraba las escrituras del día y las asentaba en el protocolo correspondiente. El sonido de la pluma sobre el papel marcaba el ritmo de esas horas. De vez en cuando, un cliente retrasado interrumpía la monotonía con una petición nueva; otras veces, algún procurador venía a revisar copias o a pedir testimonio de una escritura antigua para aportarla en un pleito.

Aquel orden tranquilo se rompía a veces con los testamentos de urgencia. Bastaba que alguien llamara a la puerta con recado de médico o de familiar para que tuviera que dejar la mesa y salir, a cualquier hora, hacia una casa del pueblo o a una aldea cercana. Todavía era corriente que, cuando una persona se veía al borde de una enfermedad grave o creía no sobrevivir a una dolencia antigua, quisiera dejar en regla a la vez lo del alma y lo de la tierra: disposiciones sobre su entierro y misas, mandas a cofradías, pequeños legados a criados o vecinos y repartos apresurados de bienes entre hijos.

De día o de noche, con barro en los caminos o polvo en verano, Loaisa debía acudir para escuchar y dar forma escrita a aquellas últimas voluntades. Era la parte que menos le gustaba de su trabajo, quizá porque en esas estancias mal ventiladas, con el enfermo esforzándose por articular las cláusulas, se veía con demasiada claridad hasta qué punto unas pocas palabras podían pesar sobre los que se quedaban.

Con el tiempo, los vecinos se acostumbraron a verlo como parte del paisaje. «El escribano» era ya una figura reconocible:

un hombre de mediana edad, con entradas cada vez más pronunciadas en las sienes, que saludaba con cortesía en la plaza y explicaba con paciencia, a quien lo necesitaba, qué significaba en concreto lo que iba a firmar. No era un benefactor, ni un confesor, ni un juez, pero más de una vez alguien se quedaba unos minutos de más en la silla baja, contando detalles que no hacían falta para la escritura y que, sin embargo, salían a la luz cuando se hablaba de repartir bienes o de casar a una hija.

En esos momentos, Loaisa notaba con especial claridad la distancia entre la frialdad de las fórmulas y la densidad de las vidas que había detrás. Una escritura de dote, por ejemplo, resumía en pocas líneas años de esfuerzo de una familia para juntar algo que ofrecer a quien se casaba. No podía convertir cada documento en un relato. El oficio exigía concisión, claridad, neutralidad.

El cuaderno de tapas pardas que había empezado en la colonia ocupaba un lugar discreto en la escribanía. No lo tenía ya en el fondo del baúl, como en el viaje, sino en un cajón de la mesa, envuelto aún en un trozo de tela. No lo abría todos los días. Había semanas en que las exigencias del trabajo le dejaban poco margen para otra cosa que no fueran protocolos y copias. Sin embargo, en determinadas ocasiones, como una tarde de invierno sin comparecientes o una mañana de lluvia en la que nadie se atrevía a salir de casa, lo sacaba, lo abría y repasaba algunas páginas.

Las notas sobre La Carlota seguían ocupando la mayoría del cuaderno. Descripciones cada vez más alejadas en la memoria de las casas, del cementerio, de la boda de Juan, de la escena del corchete, del anillo, de los paseos con Campel o de las conversaciones con don Manuel Vázquez. Al releerlas, recuperaba con facilidad las voces y los gestos: la manera pausada del viejo al contar, la precisión del capellán mayor al hablar del Fuero o el cuidado de Rafaela al servir la mesa. El recuerdo no se había desdibujado tanto como temía.

En los márgenes, con otra tinta, habían aparecido algunas anotaciones nuevas. En una, por ejemplo, había escrito: «Hoy, en la villa, vino un hombre a otorgar poder sobre unas tierras en Andalucía. Mencionó de pasada las colonias de Sierra Morena. No era de las que yo conocí, pero la palabra me bastó para que asomaran de nuevo ciertas imágenes». En otra, más escueta: «A veces pienso que debería destruir este cuaderno. Pero mientras lo tenga, me sirve de medida para no olvidar que lo escrito en los protocolos es sólo una cara de la realidad».

Nunca dejaba el cuaderno a la vista cuando entraba alguien en la escribanía. No temía tanto la curiosidad ajena como la posibilidad de que un comentario ligero convirtiera en anécdota lo que él consideraba confidencias recibidas. Lo que había oído bajo el álamo y en la sacristía de La Carlota no lo veía como material para adornar sobremesas, sino como un aprendizaje silencioso que le ayudaba a medir sus propios actos.

De vez en cuando, llegaban noticias de Andalucía por vías más formales: gacetas que mencionaban asuntos generales, cartas de algún procurador que hablaba de pleitos en tierras antiguamente forales o referencias sueltas a reformas administrativas. Loaisa las leía con atención.

Lo que sí influyó de manera constante en su trabajo fue la memoria del efecto que un papel había tenido en casa de los Campel. Cada vez que debía redactar una escritura cuyo resultado afectaba con claridad a la estabilidad de una familia (una venta de la única finca, una obligación de pago a largo plazo o un desistimiento de derechos), se tomaba un tiempo adicional para explicar, con palabras sencillas, lo que significaba cada cláusula.

No siempre encontraba receptividad. Había quien se impacientaba: «Escriba, escriba, que para eso le pago». Otros, en cambio, agradecían esa aclaración. Una mujer mayor llegó un día acompañada de un hijo, con un pañuelo negro atado a la cabeza y los dedos todavía manchados de jabón de lavar. Quería hacer testamento, pero al sentarse frente a la mesa no supo por dónde empezar.

Loaisa le preguntó, sin darse prisa:

—No se apure, mujer. ¿Qué es lo que más le preocupa dejar en orden? Empecemos por ahí.

Ella miró al hijo, como buscando permiso.

—La casa... —dijo al fin—. La casa y el trozo de huerto. Eso quiero que se quede para este —señaló al muchacho—, que es el que vive conmigo.

Loaisa asintió.

—De modo que la casa y el huerto, para el hijo que la acompaña. Bien. ¿Y los otros hijos?

—Los otros ya tienen lo suyo —respondió—. Mi marido se lo entregó ante escribano. Uno está en América, el otro en la capital. A esos no les falta techo. Pero tampoco quiero que se queden con la boca amarga.

—Podemos dejarles algo concreto con lo que, de paso, se cumpla la ley —propuso Loaisa—. Una pequeña manda a cada uno, para que sepan que se acordó de ellos. ¿Le parece?

La mujer dudó un momento.

—Para el de América, que se diga una misa al año mientras viva. Para el de la capital, que se le mande lo que salga de vender la mula, si se vende bien. Si no, que se reparta entre los dos.

—Se puede poner así —confirmó él—. ¿Y hay alguien más por quien quiera mirar? ¿Alguna hija, alguna persona que la haya cuidado?

—Mi sobrina —añadió—, la que viene a lavarme la ropa cuando me aprieta el pecho. A esa me gustaría dejarle los arcones y la ropa buena, que bastante ha penado conmigo.

—También se puede —dijo Loaisa—. Lo pondremos claro para que nadie discuta después lo que usted quiso.

Mientras hablaban, iba anotando en un borrador, traduciendo en frases rectas lo que ella decía a tirones. Procuraba que cada disposición tuviera un destinatario y una razón, pensando en los pleitos que había visto nacer de palabras mal dichas o mal entendidas. Cuando terminó de leerle en voz alta el reparto, la mujer miró a su hijo, respiró hondo y, sólo entonces, tomó la pluma.

—Así da menos miedo firmar. Parece que uno sabe de verdad lo que se lleva.

En las tardes tranquilas, cuando cerraba el protocolo del día, se quedaba a veces mirando los lomos de los tomos encuadernados: «Año tal, protocolos del escribano don Juan de Loaisa». Pensaba en cómo, con el tiempo, esos libros pasarían tal vez a manos de otros, se apilarían en dependencias municipales o en archivos, y serían consultados por personas que buscarían en ellos datos concretos: fechas, nombres e importes.

Sabía que, si algún día alguien abría aquellos tomos y se encontraba con una escritura de un «Juan Campel» cualquiera, no podría distinguirlo de otros muchos. Lo que hacía singular al colono que él había conocido no estaba en aquellos protocolos, sino en el cuaderno que guardaba en el cajón y en su propia memoria. La escritura que el nieto de María pudiera otorgar algún día, si es que llegaba a sus manos, le parecería a un lector futuro una más entre cientos.

21
Años de cambios

El pueblo donde ejercía Loaisa no estaba tan lejos de Madrid como para quedar aislado de las noticias generales. Cada semana, o poco menos, llegaban al café de la plaza algunos papeles impresos: gacetas oficiales, hojas sueltas, y a veces periódicos que traían los comerciantes de paso. No siempre tenía tiempo de leerlos con calma, pero procuraba echar al menos una ojeada a los titulares y a las columnas donde se hablaba de leyes nuevas, guerras y reformas.

Una tarde de verano, al caer el sol, encontró al maestro y al boticario inclinados sobre una gaceta extendida en la mesa del café. Comentaban en voz baja una nueva leva y los impuestos que la acompañaban; cuando dejaron el papel, el boticario murmuró que en Madrid escribían las órdenes y allí, en el pueblo, las pagaban. Loaisa pidió ver el pliego un momento antes de que lo doblaran, pero prefirió no comentar nada.

La década que siguió a su examen estuvo llena de sobresaltos. La guerra carlista, que al principio le parecía un asunto lejano, empezó a llenar páginas enteras: combates en el norte, partidas en zonas rurales, levas y contribuciones extraordinarias. Al pueblo toledano llegaban ecos en forma de reclamaciones de hombres y de dinero. A la escribanía, en concreto, llegaban poderes de padres que se marchaban al servicio y dejaban encargos a la mujer o a un hermano, y escrituras en que se hipotecaban tierras para hacer frente a nuevos impuestos.

Loaisa redactaba esos documentos con la misma corrección que los demás, pero notaba que, poco a poco, la inquietud general se filtraba hasta los actos más ordinarios. No era raro que, al firmar, alguno murmurase algo sobre «los de arriba» y sobre lo poco que valían ya las promesas hechas años atrás.

En medio de esa corriente de noticias, de vez en cuando aparecía alguna referencia a las colonias de Sierra Morena. No ocupaban grandes titulares, pero sí notas breves en las que se mencionaban «los antiguos pueblos de fuero especial» y su incorporación definitiva al régimen común. Lo que en marzo de 1835 había sido un decreto reciente se consolidaba ahora en disposiciones complementarias: órdenes sobre elecciones de ayuntamientos, distribución de contribuciones, reorganización de juzgados y, sobre todo, arriendos y ventas de los bienes que la Hacienda Nacional, como heredera de la Real Hacienda, poseía en ellos.

En una de aquellas gacetas, Loaisa leyó que se jubilaba tal cargo ligado a la antigua administración de las Nuevas Poblaciones y que las colonias quedaban sujetas, en materia fiscal, a las mismas exacciones que el resto de la provincia. Los nombres de La Carlota, La Luisiana o La Carolina aparecían en la misma lista que muchos otros pueblos. Para quien no los conociera, eran sólo topónimos más; para él, cada mención arrastraba imágenes concretas. Tal vez influía la prisión en la que se había convertido ese pequeño pueblo. Los días, las semanas y los meses pasaban unos en pos de otros casi sin percibirlo, y siendo el único escribano del partido no era fácil lograr una licencia.

Tampoco se lo había planteado seriamente. No tenía motivos reales para viajar. Su tía falleció un par de años después de salir Cádiz y su tío contrajo matrimonio, apenas unas semanas más tarde con una de las muchachas que atendía en la tienda; pero nadie se acordó de avisarle ni de responder a sus cartas hasta que se cansó de escribir… La noticia le llegó a través de uno de sus maestros gaditanos con el que todavía intercambiaba algunas cartas de cortesía en fiestas y fechas señaladas.

Así pues, imágenes como la de Ana, con el paso de los años, en lugar caer en el olvido, cada vez la tenía más presente. No era un recuerdo manso, sino una punzada. Bastaba leer «La Carlota» en una línea perdida de *La Gaceta* para que se le nublara un momento la vista y, por dentro, volviera a preguntarse si había hecho bien siguiendo el camino. Había noches en que, sin motivo aparente, despertaba con la sensación física de estar otra vez en el cuarto de arriba, oyendo sus pasos en la escalera, y se veía a sí mismo diciendo adiós una vez más. No sabía si aquello había sido prudencia o cobardía; sólo tenía la certeza, cada vez más recurrente, de que en aquel verano de 1835 dejó atrás algo que no se parecía a nada de lo que vino después. Y esa duda, que ya no podía deshacer, le acompañaba como una sombra discreta mientras firmaba papeles ajenos.

Una tarde de invierno, abrió el correo y encontró, entre varios pliegos de asuntos administrativos, una carta con letra conocida. No había remitente en la cubierta, pero al desplegar el papel reconoció la mano firme de don Manuel Vázquez. El capellán mayor no era hombre de escribir por afición. La carta era sobria, directa. Le contaba, en pocas líneas, que seguía en La Carlota, que la eliminación del Fuero había traído consigo cambios poco amables para el clero: promesas de regularización que no siempre se cumplían, mejoras en los templos que no llegaban, necesidad de vivir más directamente de los estipendios de la gente,... Comentaba, sin lamentaciones retóricas, que algunos compañeros en otras colonias lo estaban pasando peor, porque, como ya le dijera años atrás, carecían del pequeño patrimonio que a él le había dejado su familia.

Entre esas noticias, intercalaba referencias breves a la vida del pueblo.

«Los colonos», escribía, «se han ido acostumbrando a que ya no se les considere especiales más que en los papeles viejos. Pagan como los demás, sus hijos entran en quintas como los de cualquier villa, y sus asuntos se ventilan ahora en juzgados que no distinguen entre colonias y pueblos de otro origen. No por eso dejan de trabajar. El campo no entiende de reales órdenes.»

Mencionaba también a la familia Campel, de pasada, sin entrar en detalles que Loaisa sabía pero que no habían sido escritos nunca de manera explícita.

«Los Campel siguen en su casa —decía—. Juan trabaja como siempre; los niños crecen. Del viejo Campel, sólo puedo decirle que ha envejecido mucho en poco tiempo. Ya casi no se levanta de la cama. No se queja, pero se le nota el cansancio de los años. Cuando voy al cementerio el día de difuntos, el álamo blanco domina ya medio recinto.»

No era una carta larga. Al final, don Manuel anotaba:

«No sé si estas líneas le servirán para algo en su oficio. A mí me sirve escribirlas para no creer que lo que pasa aquí se pierde del todo. Usted, que trabaja con papeles, entenderá que uno tenga necesidad de dejar constancia aunque sea ante un solo lector. Si alguna vez tiene oportunidad de pasar de nuevo por estos campos, encontrará cambios en los nombres de los cargos y en la forma de repartir las cargas. En lo demás, la vida sigue como sabe: madrugones, cosechas inciertas y hombres que se preguntan si tanta reforma les ha traído algo mejor.»

Loaisa guardó la carta en el mismo cajón donde reposaba el cuaderno de notas. No le contestó de inmediato. Pasaron semanas antes de que encontrara un día tranquilo para tomar la pluma y responder. En su contestación, habló poco de sí mismo y mucho menos de lo que don Manuel ya sabía por experiencia propia. Se limitó a confirmar que, desde el centro del reino, las colonias se veían cada vez más como una pieza más en el conjunto, sin atención especial; y a expresar, con tacto, que seguía recordando la visita y que lo que había aprendido allí le ayudaba a mirar su propio oficio con otros ojos.

Las idas y venidas de cartas no fueron muchas. No había entre ellos un pacto de correspondencia regular. Pero esas pocas misivas bastaron para que, durante años, Loaisa tuviera un hilo fino que lo conectaba con los cambios de la colonia. En alguna tarde especialmente silenciosa, al cerrar la puerta de la escribanía, se quedaba pensando en la trayectoria de aquellas colonias: del desierto de bandoleros al experimento de Carlos III; del experimento a la «población ejemplar» citada por viajeros a los que había tenido ocasión de leer en los últimos años.

Al avanzar los años cuarenta, la guerra carlista quedó atrás, las reformas se sucedieron con otro tono y las colonias, ya integradas del todo en sus provincias, fueron desapareciendo de las noticias. Sólo de vez en cuando, en las relaciones de cosechas o en los partes de caminos, se mencionaba su nombre. Poco a poco, aquello que en los años treinta había encendido tantas discusiones se convirtió en un asunto sedimentado, aceptado en la práctica aunque no de buen grado por todos.

Esa normalización, vista desde la distancia, le produjo una sensación ambigua. Por un lado, significaba que ya no se discutía cada medida; por otro, que la singularidad que él había conocido se diluía. Pensó en el álamo blanco, en las cruces de madera del cementerio de La Carlota y en la casa de los Campel. Se preguntó cómo estarían soportando esa transición quienes, allí, llevaban décadas viviendo bajo reglas distintas.

El deseo de volver a ver aquellos campos no nació de una nostalgia sentimental, sino de una curiosidad serena por comprobar, con sus propios ojos, cómo se había acomodado la colonia a los años de cambios. Durante mucho tiempo, ese deseo quedó subordinado a las obligaciones del oficio. Pero no desapareció. Se fue acumulando, silencioso, entre protocolo y protocolo, como una anotación pendiente al margen de su vida.

22
El regreso a las colonias

Fue un encargo profesional lo que, al fin, dio ocasión al regreso. A mediados de los años cuarenta, un escribano de la campiña cordobesa necesitaba copia autorizada de una escritura antigua asentada en los protocolos de la villa donde trabajaba Loaisa. El asunto, por el considerable valor de los bienes a los que hacía referencia en un proceso de reclamación de herencias, obligaba a este a desplazarse al sur para revisar documentos in situ y coordinar la transcripción y redacción de un nuevo instrumento. La ruta pasaba cerca de Córdoba y, con un pequeño desvío, permitía cruzar de nuevo las tierras de las antiguas colonias. Hacía años que se decía que, si alguna vez tenía una excusa razonable, volvería a ver con sus propios ojos aquellos lugares que tanto le marcaron.

Cuando tuvo el itinerario en la mano, Loaisa no dudó. Solicitó unos días de margen para completar el encargo y los ajustó de modo que pudiera detenerse en La Carlota sin que nadie, fuera de él, diera mayor importancia a esa parada.

El viaje, ahora, tenía un carácter muy distinto del de 1835. No iba enfermo, ni con la incertidumbre de un examen inmediato, sino como profesional establecido, con años de oficio detrás. El cuerpo estaba más pesado, la barba más poblada, pero la voluntad era firme. Los caminos seguían siendo polvorientos y las ventas, variables en calidad, pero la sensación de peligro había disminuido. Las noticias sobre bandoleros eran más escasas y la presencia del Estado se dejaba notar en algunos detalles: más controles, más papeles y más recaudadores.

Al aproximarse a la llanura entre Córdoba y Sevilla, el paisaje le resultó familiar en lo esencial: extensiones de olivos y cereal, casas dispersas, el perfil del Guadalquivir en el horizonte. Sin embargo, a medida que avanzaba, fue notando cambios. Donde antes había largos tramos casi desiertos, ahora se veían más caseríos a ambos lados del camino, alguna nueva construcción de una sola planta, pequeños corrales añadidos a las casas de colono y no pocas casas de tapia y rama. Las hileras de olivos que en su recuerdo eran jóvenes mostraban ahora troncos más gruesos y copas más amplias.

El carrero, al pasar junto a un grupo de construcciones, dijo sin que él se lo preguntara:

—Por aquí son las tierras de La Carlota. Buenas suertes, dicen. Algunos han prosperado, otros, al dividirse las tierras entre tantos hijos, no tanto.

Loaisa reconoció, con ajustes, la disposición general: las casas a trechos del camino, encaladas, con chimenea y emparrado; al fondo, el núcleo del pueblo, con la iglesia asomando sobre los tejados. No era ya el pueblecito con apariencia de casi recién estrenado que había conocido, sino una población con años de uso: algunas fachadas mostraban desconchones, las tejas tenían manchas de humo y aquí y allá aparecían añadidos hechos sin seguir el trazado inicial, fruto de necesidades sobrevenidas.

Pidió al carretero que lo dejara en las inmediaciones del pueblo y que siguiera su camino, acordando un punto y una hora aproximada para que lo recogiera dos días después. Entró a pie en La Carlota, con una mezcla de reconocimiento y extrañeza. Las calles principales seguían igual; la plaza, con la iglesia al fondo, conservaba su forma; pero había más gente, más ruido y más carros. Los niños jugaban en grupos numerosos y ya no se distinguían con tanta claridad los rasgos de origen de cada familia.

No fue a la casa-posada donde se hospedara una década atrás en primer lugar. Cumplió el orden que había anunciado en aquel entonces. Tomó la vereda que conducía al cementerio, fuera del caserío. El muro encalado, de poca altura, se mantenía en pie, aunque la cal mostraba las marcas del sol y de las lluvias. La puerta, de madera, ofreció la misma resistencia leve que recordaba. Dentro, el aspecto del recinto era distinto en número, no en esencia: más cruces, más montículos, algún árbol nuevo plantado en rincones alejados.

El álamo blanco, sin embargo, dominaba la vista. Había crecido de forma notable. La copa, antes proporcionada al conjunto, sobresalía ahora por encima de todo el cementerio; el tronco, más grueso, mostraba la corteza marcada por los años. La sombra que proyectaba cubría una extensión mayor, incluyendo varias sepulturas que en su primera visita no existían.

Se acercó despacio, procurando orientarse. No tardó en encontrar el lugar. A los pies del álamo, donde antaño sólo había una cruz sencilla, se alzaban ahora dos. Las tablas, de madera humilde, llevaban inscripciones breves, trazadas con mano poco experta pero legible. En una se leía: «María, su esposa». En la otra: «Juan Campel, colono». No había más apellidos, ni fechas exactas; sólo una indicación muy general de los años, hecha quizá por el sacristán con la memoria de quien conoce de vista la vida de los suyos. Para un escribano habituado a los folios llenos de líneas, aquellas palabras escasas decían, sin embargo, lo esencial.

Loaisa se quedó de pie, sin apoyarse en nada, mirando las dos cruces. El aire estaba quieto, con un olor ligero a hierba seca y a tierra caliente. No sintió la necesidad de grandes palabras. Lo que había oído de boca del anciano bajo ese mismo árbol años atrás se le impuso con claridad: el relato de Alemania, el castillo de Belfor, la noche de la muerte del barón, la huida, el convento, el viaje a España y la decisión de plantar el álamo cuando María murió. No se arrodilló ni hizo gestos visibles de devoción. Sólo inclinó la cabeza unos instantes y murmuró, casi en voz inaudible:

—Está donde quiso estar.

Le llamó la atención que, a pesar del tiempo transcurrido, el suelo alrededor de las cruces estuviera limpio. No había maleza alta ni acumulación de hojas. Alguien, con regularidad, se ocupaba de retirar lo que caía del árbol y de mantener despejada la tierra. Eso indicaba una presencia constante, un cuidado persistente más allá de la obligación mínima.

Se preguntó si don Manuel Vázquez seguiría siendo el capellán mayor, si pasarían por allí los familiares el día de difuntos, si algún niño, quizá sin saber mucho, ayudaría a arrancar hierbas en torno al tronco. El álamo, en cualquier caso, cumplía la función que el propio Campel le había asignado: dar sombra a las tumbas y servir de referencia visible en un cementerio sin mármoles.

Tras permanecer un rato en silencio, dio una vuelta por el recinto. Observó otras cruces, otros nombres. Algunos apellidos le resultaron conocidos; otros, no. Había inscripciones de colonos de origen foráneo mezcladas ya con apellidos españoles comunes. Era evidente que las generaciones se habían entrecruzado bastante.

Antes de salir, volvió la vista una última vez hacia el álamo. La imagen de las dos cruces, una junto a la otra, se le fijó con la misma nitidez con que, años antes, se le había grabado la figura del anciano sentado al pie del árbol. Sabía que, a partir de entonces, cuando pensara en Campel, ya no sería bajo la forma de un hombre vivo con muleta, sino como el conjunto de aquellas dos tablas bajo la copa del álamo.

Dejó el cementerio y regresó hacia el pueblo por la vereda. El camino estaba más marcado que en su recuerdo, signo de un uso continuado. Al llegar a las primeras casas, se detuvo un momento para situarse y localizar la vereda que lo condujera a su siguiente destino. No necesitó preguntar mucho para encontrar de nuevo la casa de los Campel. El emparrado seguía en su sitio, aunque las vides mostraban más grosor en los troncos y las ramas cubrían una superficie mayor. La fachada, encalada, presentaba manchas de humedad en la parte baja, y se notaban pequeñas reparaciones en las esquinas.

En el corral, al fondo, se oían voces infantiles y el cacareo de las gallinas. Una jovencita de nueve o diez años, que no era Rafaela pero tenía cierto aire a ella, quizá una hija, salió con un cesto en la mano. Lo miró con curiosidad, sin reconocerlo.

—¿Busca a alguien? —preguntó.

—Busco a la familia Campel —respondió él—. Estuve aquí hace muchos años. Me gustaría saludarles, si no molesto.

La muchacha dudó un segundo y luego sonrió, con cortesía.

—Campel somos —dijo—. Pase, si quiere. Mi padre estará dentro. A mí me hablaron de un señor que vino enfermo y que se quedó unas semanas en la posada que había en la casa de enfrente, pero de eso hace ya mucho. Quizá sea usted.

El tono no era de desconfianza, sino de quien ve encajar una historia oída de niño con una figura real. Loaisa cruzó de nuevo el umbral del emparrado. El patio conservaba la disposición básica que recordaba: el pozo en su lugar, la mesa de madera junto a la pared y los aperos colgados. Había añadidos: una pequeña estructura para guardar útiles, un banco más bajo o un par de tinajas junto a la puerta.

Juan Campel, envejecido, apareció poco después. El cabello, que ya era oscuro con hilos de cana cuando Loaisa lo conoció de joven esposo, estaba ahora mucho más blanco. El cuerpo seguía siendo fuerte, pero los movimientos eran más pausados.

—¿Se acuerda de mí? —preguntó Loaisa, sin rodeos.

El colono lo miró durante unos segundos, con atención. Luego, una expresión de reconocimiento se dibujó en su rostro.

—Claro que me acuerdo —dijo—. Señor Loaisa. Mi abuelo hablaba de usted de vez en cuando. Decía: «Escribano será. Y de los que escuchan».

La alusión al abuelo bastó para cerrar la distancia inicial. Se dieron la mano con firmeza. Juan lo hizo pasar al interior, donde la habitación principal mostraba también signos de continuidad y de cambio: la mesa grande en el centro, las sillas alrededor, alguna estampa nueva en la pared y un arcón más.

Rafaela no estaba. Una breve pregunta bastó para saber que había muerto algunos años atrás, «de enfermedad larga, pero sin grandes dolores», según explicó su hija. La casa, ahora, la sostenían entre Juan y sus hermanos y sobrinos, que se repartían el trabajo del campo y de las faenas domésticas.

—Nos alegra verlo —dijo Juan—. Mi abuelo, antes de morir, dejó dicho que, si alguna vez volvía, le recibiéramos como a uno de casa. Guardaba muy buen recuerdo de usted.

Loaisa sintió el peso de esas palabras sin necesidad de gestos teatrales.

—He pasado antes por el cementerio —respondió—. Lo he encontrado donde quería estar.

Juan asintió, con una seriedad sencilla.

—Allí vamos cada año el día de difuntos —explicó—. Mis hijos se encargan de limpiar alrededor del árbol. Para ellos, el álamo es «el árbol del abuelo». Poco más saben. Y así está bien.

No entraron, de momento, en historias del pasado. La conversación se centró en cuestiones inmediatas: cómo iban las cosechas, qué tal se había presentado ese año la lluvia o qué cambios había traído, con los años, la desaparición del Fuero. Juan, sin la precisión de don Manuel Vázquez, habló desde la experiencia cotidiana: más impuestos, menos exenciones y la obligación de enviar hijos a las quintas como en cualquier pueblo.

—Al final —concluyó—, lo que nos sostiene es lo de siempre: la tierra y el trabajo. Los papeles cambian, pero el surco no se abre solo.

Loaisa escuchaba con atención, comprobando cómo las opiniones del colono adulto coincidían, en esencia, con las reflexiones que el anciano había compartido bajo el álamo años atrás. El lenguaje era distinto, más directo, menos cargado de recuerdos; el fondo, parecido.

Le invitaron a quedarse a comer. Aceptó sin protestar. La mesa se llenó de platos sencillos: guiso de legumbres, pan y algo de carne. Los niños, ya no tan pequeños, observaban al visitante con curiosidad y respeto. Sabían que era «el señor que vino de Madrid y que fue amigo del abuelo», pero no tenían datos que añadir a esa etiqueta. Durante la comida, Loaisa se limitó a responder a las preguntas que le hacían sobre su oficio, sobre la vida en Toledo y sobre el frío del invierno en aquellos pueblos. Al terminar, cuando el sol ya caía sobre el patio y el trabajo de la tarde reclamaba a la familia, Juan dijo:

—Mientras esté aquí, no se vaya a la posada del pueblo. Tenemos sitio. No será como antes, que estaba enfermo. Ahora podrá ver las cosas con más calma.

En ese momento, Loaisa recordó a Bartolomé y a Rosa, y la imagen de la casa junto al camino se le impuso con claridad.

—He visto todo cerrado en la posada de Bartolomé —dijo—. Las puertas echadas, los árboles sin podar, el emparrado casi seco. ¿Qué ha ocurrido?

Juan se encogió de hombros, con un gesto pausado.

—Al morir el padre de la señora Rosa, en Écija, se fueron los dos para allá —explicó—. Tenía una posada grande, con más cuartos y más trato, y alguien tenía que hacerse cargo. Aquí dejaron la casa en manos de los hermanos de ella, pero no sirvieron para el oficio. No tenían el don de gentes ni la paciencia que se necesita.

Hizo una breve pausa antes de concluir:

—Al final, nadie quiso hospedarse ni parar allí. Han acabado cerrando. Ahora sólo se ocupan de la labor de la suerte… y, como habrá visto, tampoco ponen mucho empeño en eso.

Loaisa aceptó el ofrecimiento. Le asignaron una cama en una habitación pequeña. Esa tarde, mientras ordenaba sus pocas cosas en el arcón que le habían dejado, sintió que el círculo se cerraba: volvía al mismo lugar, no ya como joven camino de un examen, sino como hombre cumplido que regresaba a comprobar qué había sido de quienes lo acogieron. Lo que entonces había vivido como una parada en medio de un camino incierto se le mostraba ahora como un hito que había orientado, sin él saberlo del todo, su manera de mirar el oficio y a la gente.

23
Los Campel

A la mañana siguiente de su llegada, cuando el sol empezaba a entrar en el patio por encima del emparrado, se oyó en el camino el ruido de un carro que se detenía ante la casa. Juan salió a ver quién llegaba; Loaisa lo siguió, con gesto contenido.

El carretero, un hombre de mediana edad, levantó la mano a modo de saludo.

—Buenos días les dé Dios. ¿Es aquí la casa de los Campel? — preguntó—. Traigo un encargo desde Sevilla. Me dijeron que lo entregara al señor Juan o a quien estuviera en su lugar.

—Buenos días tenga usted, buen hombre. Entre hasta el emparrado, si no le molesta — dijo Juan—.

En la parte trasera del carro se veían dos fardos envueltos en lona: uno más ancho y otro más alargado. Loaisa dio un paso al frente.

—Es para ustedes —dijo, dirigiéndose a Juan y a la familia que empezaba a asomarse al emparrado—. Lo encargué hace tiempo y ayer mandé aviso para que lo trajeran hoy. Pensé que no habría ocasión mejor que esta para entregarlo.

Entre los tres bajaron los bultos. Nada más descargada la mercancía, el carretero condujo sus dos mulas de nuevo hacia el camino real para seguir con su faena.

—¡Ea! Queden ustedes con Dios —dijo mientras subía al carro y continuaba dirección a La Carlota—.

El paquete más grande, en el suelo del patio, dejó ver, cuando se desató la cuerda y se retiró la lona, un varios juegos de manteles de lino blanco, bien doblados, con un bordado sencillo en el borde. No eran lujosos en el sentido urbano, pero sí de una calidad que rara vez se veía en una casa de labradores.

El segundo fardo contenía herramientas nuevas, cada una envuelta en papel: unas tijeras de podar, una hoz bien templada, un azadón y una pala de buen hierro, un juego de medidas de grano y una navaja de hoja firme con empuñadura de madera. Al ir sacándolas, los habitantes de la casa se miraban unos a otros con una mezcla de sorpresa y satisfacción. Estaban acostumbrados a reutilizar hasta el límite las telas y los aperos, a remendar mangos y a insistir con filos gastados. Ver herramientas nuevas alineadas en la mesa del patio les imponía un respeto parecido al que podía producirles una joya en otras manos.

—No es gran cosa —dijo Loaisa—. Sólo un modo de agradecer lo que hicieron por mí entonces, y lo que siguen haciendo ahora al recibirme. La mantelería es para la mesa grande y para donde dispongan; las herramientas, para la tierra. Me pareció que ambas cosas podían servir. A mí me han dado de comer los papeles; a ustedes, la tierra. Era justo que algo de lo que he ganado con la pluma volviera, de algún modo, a este patio.

Rafaela no estaba ya, pero la hija mayor, que llevaba la voz de la casa en asuntos domésticos, tomó los manteles entre las manos, los pasó con cuidado y dijo:

—Esto es mucha cosa, señor Loaisa. Aquí no se ve lino así todos los días. Mi madre estaría contenta de poner uno de estos el día de fiesta.

Juan cogió la tijera de podar, la probó en el aire, luego pasó la mano por el filo de la hoz con precaución.

—Con esto se trabaja de otra manera —comentó—. Al abuelo le habría gustado verlas. Decía siempre que los aperos, cuanto mejores, menos cansan al hombre.

Los muchachos tocaban las herramientas con curiosidad, pero sin atreverse a cogerlas sin permiso. Uno de ellos se animó a preguntar:

—¿Y por qué nos trae usted todo esto?

Loaisa pensó un momento antes de responder, buscando una frase que no sonara grandilocuente.

—Porque cuando vine por primera vez —dijo—, llegué con lo justo y en esta colonia me dieron más de lo que yo podía pagar. No sólo comida y cama, sino tiempo, paciencia y compañía. Entonces no tenía con qué corresponder. Ahora puedo, aunque sea en parte. Y me parecía justo hacerlo.

Superado el rubor inicial, el pequeño insistió de nuevo:

—¿Y viene solo? ¿Y su mujer y sus hijos?

Loaisa, sorprendido por el descaro de la pregunta, tragó saliva y respondió:

—En efecto, vengo solo. No tengo familia pero ya va siendo hora de que me desordenen los papeles varios bribonzuelos con chapetas como tú — dijo mientras dejaba caer una sonora carcajada.

La conversación derivó, como era natural, a recuerdos del abuelo. Juan, sentado luego a la mesa bajo el emparrado, con las tijeras y la navaja ya guardadas en un lugar seguro, evocó al anciano Campel con la naturalidad de quien habla de un difunto cercano al que se recuerda sin idealizaciones excesivas.

—Mi abuelo —dijo— siempre contaba a todo el que nos visitaba la historia de la quinta y del anillo. Aquí, el Día de Difuntos, cuando vamos al cementerio, no falta quien recuerde cómo se libró Juan —señalándose a sí mismo— de ir a filas gracias a aquello. Él decía que mi abuela encontró el anillo en una fuente de su pueblo en Alemania, pero nunca nos contó más.

Loaisa oyó la versión simplificada con un asentimiento leve. No le sorprendía. Era la misma que había oído, años atrás, en los labios del anciano cuando le explicaba a doña Rosa el origen de la joya.

—Así está bien —dijo—. Lo importante es que él supo usarlo en el momento justo y que tuvo utilidad.

La comida de ese día tuvo algo de celebración discreta. Estrenaron uno de los manteles, a pesar de las reticencias iniciales de la hija, que temía mancharlo. Juan insistió: «Para eso son. Ya habrá tiempo de guardarlos otros días». Sobre la tela blanca se alinearon los platos de barro, el pan, el vino en jarra y el guiso de carne. Los niños miraban la mesa con algo de desconcierto, como si la casa hubiera subido un grado en dignidad.

No hubo discursos. Entre bocado y bocado, se mezclaron conversaciones sobre cosechas, comentarios sobre la calidad del lino y planes para usar las herramientas en la próxima poda. La figura del abuelo apareció varias veces, siempre con un tono que mezclaba cariño y cierto orgullo.

El domingo, Loaisa fue a misa en la iglesia de La Carlota. El interior le resultó familiar: las tres naves sencillas, el retablo del altar mayor sin grandes adornos, el banco donde se sentaban los hombres en un lado y el de las mujeres en otro; aunque solo los más importantes de la localidad y las personas mayores podían permanecer sentados durante los oficios, el resto permanecía de pie. Don Manuel Vázquez, algo encorvado por los años pero reconocible, celebró con un tono pausado. Hubo un momento, al levantar la vista del misal, en que sus ojos se cruzaron con los de Loaisa. No fue necesario más. El capellán continuó la ceremonia sin alteración.

A la salida, la plaza se llenó de gente. Era uno de esos domingos en que, después de la misa mayor, se mezclan saludos, comentarios y algún trato menor. Loaisa se apartó hacia un lado, sin prisa por marcharse, observando cómo se agrupaban las familias, cómo los niños corrían alrededor de la fuente y cómo los hombres comentaban noticias.

Fue entonces cuando la vio. Venía saliendo de la iglesia, donde no había llegado a verla, del brazo de un hombre bien vestido, de cierta edad y con aire de autoridad. Él saludaba a derecha e izquierda con la seguridad de quien está acostumbrado a ser reconocido. Ella, a su lado, caminaba con paso firme, la cabeza ligeramente alta. Tenía el cabello recogido con más cuidado que en la posada, un vestido mejor cortado y un mantón bien dispuesto sobre los hombros. Los años habían afinado su figura sin quitarle expresión y sus ojos seguían siendo intensamente azules.

No necesitó preguntar para saber quién era el hombre. Bastaba ver cómo se le acercaban algunos vecinos con deferencia y cómo él respondía con frases cortas pero amables. Era el alcalde. Los rumores que había oído por el camino, mezcla de noticias sueltas sobre la organización municipal de las colonias, se concretaban allí: la antigua criada de la posada era ahora esposa del principal representante civil del pueblo. Ana no miraba a su alrededor con ostentación. Parecía concentrada en seguir el paso del marido y en saludar con pequeños gestos a quienes se cruzaban. En un momento, sin embargo, sus ojos recorrieron la plaza con una rapidez instintiva, como quien busca orientarse. Fue entonces cuando se detuvieron un segundo en los de Loaisa. Por un instante, ella alzó apenas la barbilla y apretó un poco los labios, en ese gesto suyo, corto y firme, que nunca había necesitado palabras para dejar claro que sabía estar donde le correspondía.

No hubo sorpresa ostensible, ni gestos de sobresalto. La mirada fue breve, precisa, suficiente para que ambos supieran que se reconocían. En ella no había reproche ni nostalgia evidente, sino la constatación serena de un pasado compartido que no reclamaba lugar en la vida presente de ninguno de los dos. Apenas un punto de complicidad silenciosa, borrado al momento por el movimiento de la gente. A Loaisa le bastó para entender que cada uno había seguido su camino sin traicionar lo que había dicho en el cuarto de arriba: ella no esperaría a ninguna ventana y él no rompería la vida de nadie por volver sobre una noche.

Ella no soltó el brazo del marido. No hizo ademán alguno de acercarse. El alcalde, ocupado en recibir saludos, no pareció notar aquel cruce. Loaisa, por su parte, no dio un paso adelante. Mantuvo la distancia, ligeramente apartado, con la discreción que había marcado siempre su recuerdo de aquella noche.

El grupo se alejó hacia una de las calles principales. El alcalde, al volverse para responder a una llamada, dejó ver el perfil con claridad. Ana siguió a su lado. La figura de ambos se fue perdiendo entre los corrillos. En pocos minutos, la plaza volvió a ser un conjunto de grupos dispersos. Loaisa permaneció unos instantes más, apoyado sobre el tronco de uno de los árboles, como si contemplara simplemente el ir y venir de los vecinos. Este encuentro fugaz le parecía suficiente y proporcionado. Cualquier gesto añadido habría desentonado con la vida que cada uno había construido desde entonces.

Al día siguiente, se despidió de la familia Campel con menos ceremonia que la primera vez, pero con no menos afecto. Hubo abrazos contenidos, promesas genéricas de volver si los caminos lo permitían y recomendaciones sobre la salud y las cosechas. Tras dar un paseo, en el que pudo divisar a lo lejos el álamo blanco, llegó a La Carlota; donde le esperaban para retomar su viaje. Pero antes de subir al carro que lo sacaría del pueblo, pasó por la iglesia para despedirse de don Manuel y hablaron un buen rato, en voz baja, junto a la puerta.

—Ha visto usted cómo han cambiado las cosas —dijo el capellán mayor—. Y cómo, en lo esencial, siguen iguales.

—Sí —respondió Loaisa—. Los nombres de los cargos son otros. La misa, el campo y el cementerio, no tanto.

No se mencionó a Ana. Don Manuel no necesitaba saberlo, y Loaisa no tenía intención de convertirlo en confidencia. Lo que hubo entre él y la mujer del alcalde seguiría siéndolo.

Camino de Toledo, ya de regreso a su escribanía, sintió la necesidad de abrir de nuevo el cuaderno de tapas pardas mientras se alojaba en una venta. En una página casi llena escribió unas líneas nuevas, bastante sobrias:

«He vuelto a La Carlota. El álamo cubre con su sombra dos cruces: 'María, su esposa' y 'Juan Campel, colono'. La familia ha seguido adelante con la versión de la historia que les sirve: un anillo encontrado por la abuela en una fuente. No necesitan saber más. Les he dejado manteles y herramientas, cosas útiles, que valen más aquí que cualquier relato. He visto también a Ana, que ahora es esposa del alcalde. Un cruce de miradas en la plaza ha bastado para entender del todo que lo que compartimos una noche no tenía que salir de ese cuarto. Hay historias que viven mejor en la memoria que en los papeles».

Cerró el cuaderno con calma. Sabía que, de todo lo ocurrido en aquellos años (enfermedades, exámenes, protocolos y cambios en las colonias), sólo una parte quedaría recogida en registros oficiales. El resto viviría en recuerdos fragmentarios, en versiones simplificadas contadas al calor de la lumbre o en gestos como el cuidado de un árbol en un cementerio o la elección de un mantel para el día de fiesta.

Aceptaba que así fuera. Su oficio le exigía seguir llenando escrituras, pero su conciencia le recordaba que la vida de la gente no se reducía a lo que quedaba escrito con tinta y sello. Quizá era ya hora de llenar también su casa. Había secretos que, por prudencia o por amor, era mejor mantener en el círculo estrecho de quienes los habían vivido. Había otras verdades que, aun sin contarse en detalle, influían en la forma en que se repartían las cargas y se tomaban las decisiones.

Mientras el carro avanzaba hacia el norte y el paisaje cambiaba de nuevo a los tonos más secos de la meseta, Loaisa sintió que, al menos en su caso, la distancia entre lo vivido y lo escrito no era una simple omisión, sino una elección. Había cosas que él elegía consignar, la historia de Campel bajo el álamo, y cosas que optaba por dejar sólo en su memoria, la noche del cuarto de arriba o el cruce de miradas en la plaza. Esa mezcla de escritura y silencio era su manera de hacer justicia, limitada pero honesta, a lo que el mundo le había puesto delante. Mirar de lejos la vida que no se iba a vivir y, al mismo tiempo, dejar constancia de la que sí había elegido, le parecía ya parte inseparable de su oficio.

Fin

*****

La historia de la familia Campel incluida en esta novela está inspirada en el contenido de un cuento, de cuyo autor o autora solo conocemos las iniciales «F.B.», que se publicó por partes en un diario de la ciudad de Barcelona en enero de 1841. El estudio y edición crítica de dicho relato puede consultarse en:

Hamer, Adolfo (2025). «*El anciano de La Carolina*: un cuento decimonónico sobre la colonización de las Nuevas Poblaciones de Sierra Morena y Andalucía», *Boletín del Instituto de Estudios Giennenses*, n° 231, pp. 11-46.

Índice

Hay historias que encuentran su mejor
refugio a la sombra de un árbol
Año MMXXV